FOLIO JUNIOR

J.M.G. Le Clézio

La Grande Vie

SUIVI DE

Peuple du ciel

FOLIO JUNIOR/**GALLIMARD** JEUNESSE

La Grande Vie

Elles s'appellent Pouce et Poussy, enfin, c'est le petit nom qu'on leur a donné, depuis leur enfance, et pas beaucoup de gens savent qu'en réalité elles s'appellent Christèle et Christelle, de leur vrai nom. On les a appelées Pouce et Poussy parce qu'elles sont comme des sœurs jumelles, et pas très grandes. Pour dire vrai, elles sont même petites, assez petites. Et très brunes toutes les deux, avec un drôle de visage enfantin, et un bout de nez, et de beaux yeux noirs qui brillent. Elles ne sont pas belles, pas vraiment, parce qu'elles sont trop petites, et un peu trop minces aussi, avec de petits bras et des jambes longues, et des épaules carrées. Mais elles ont du charme, et tout le monde les aime bien, surtout quand elles se mettent à rire, un drôle de rire aigu qui résonne comme des grelots. Elles rient souvent, partout, dans l'autobus, dans la rue, dans les cafés, lorsqu'elles sont ensemble. Elles sont d'ailleurs presque toujours ensemble. Quand elles sont l'une sans l'autre (ça arrive, à cause des cours, ou bien quand il y en a une qui est malade), elles ne s'amusent plus. Elles deviennent tristes, on n'entend pas leur rire.

Il y en a qui disent que Pouce est plus grande que Poussy, ou que Poussy a un visage plus fin que Pouce. C'est possible. Mais la vérité, c'est que c'est très difficile de les différencier, et sans doute personne n'aurait pu le faire, d'autant plus qu'elles s'habillent de la même façon, qu'elles marchent et parlent de la même façon, et qu'elles ont toutes les deux le même rire, dans le genre de grelots qu'on agite.

C'est probablement comme cela qu'elles ont eu l'idée de se lancer dans cette grande aventure. A l'époque, elles travaillaient toutes les deux dans un atelier de confection, où elles cousaient des poches et des boutonnières pour des pantalons qui portaient la marque Ohio, U.S.A. sur la poche arrière droite. Elles faisaient cela huit heures par jour et cinq jours par semaine, de neuf à cinq avec une interruption de vingt minutes pour manger debout devant leur machine. « C'est le bagne », disait Olga, une voisine. Mais elle ne parlait pas trop fort parce que c'était défendu de parler pendant le temps de travail. Celles qui parlaient, qui arrivaient en retard, ou qui se déplaçaient sans autorisation devaient payer une amende au patron, vingt francs, quelquefois trente, ou même cinquante. Il ne fallait pas qu'il y ait de temps mort. Les ouvrières s'arrêtaient à cinq heures de l'après-midi exactement, mais alors il fallait qu'elles rangent les outils, qu'elles nettoient les machines, et qu'elles apportent au fond de l'atelier toutes les chutes de toile ou les bouts de fil usés, pour les jeter à la poubelle. Alors, en fait, le travail ne finissait pas avant cinq heures et demie. « Personne ne reste », disait Olga. « Moi je suis là depuis deux ans, c'est parce que j'habite à côté. Mais je ne resterai pas une troisième année. » Le patron, c'était un petit homme d'une quarantaine d'années, avec des cheveux gris, la taille épaisse et la chemise ouverte sur une poitrine velue. Il se croyait beau. « Tu vas voir, il te fera sûrement du gringue », avait dit Olga à chacune des jeunes filles. Et une autre fille avait ricané. « C'est un coureur ce type-là, c'est un salopard. » Pouce s'en fichait. Quand il était venu, la première fois, pendant le travail, les mains dans les poches, cambré dans son complet veston d'acrylique beige, et qu'il s'était approché d'elles, les deux amies ne l'avaient même pas regardé. Et quand il leur avait parlé, au lieu de lui répondre, elles avaient ri de leur rire de grelots, toutes les deux ensemble, si fort que toutes les filles s'étaient arrêtées de travailler pour regarder ce qui se passait. Lui avait rougi très fort, de colère ou de dépit, et il était parti si vite que les deux sœurs riaient encore après qu'il avait refermé la porte de l'atelier. « Il va vous chercher des crosses, il va essayer de vous faire chier », avait annoncé Olga. Mais il n'y avait pas eu de suite. Le contremaître, un nommé Philippi, avait seulement surveillé un peu plus la rangée où les deux sœurs travaillaient. Le patron, lui, à partir de là, avait évité d'approcher trop près d'elles. Elles avaient un rire vraiment un peu dévastateur.

A l'époque, Pouce et Poussy habitaient un petit deux-pièces avec celle qu'elles appelaient maman Janine, mais qui était en réalité leur mère adoptive. A la mort de sa mère, Janine avait recueilli Pouce chez elle et, peu de temps après, elle avait pris aussi Poussy, qui était à l'Assistance. Elle s'était occupée des deux fillettes parce qu'elles n'avaient personne d'autre au monde, et qu'elle-même n'était pas mariée et n'avait pas d'enfants. Elle travaillait comme caissière dans une Supérette

Cali et n'était pas mécontente de son sort. Son seul problème, c'étaient ces filles qui étaient unies comme deux sœurs, celles que dans tout l'immeuble, et même dans le quartier, on appelait les deux « terribles ». Pendant les cinq ou six années qu'avait duré leur enfance, il ne s'était pas passé de jour qu'elles ne soient ensemble, et c'était la plupart du temps pour faire quelque bêtise, quelque farce. Elles sonnaient à toutes les portes, changeaient de place les noms sur les boîtes aux lettres, dessinaient à la craie sur les murs, fabriquaient de faux cafards en papier qu'elles glissaient sous les portes, ou dégonflaient les pneus des bicyclettes. Quand elles avaient eu seize ans, elles avaient été renvoyées de l'école, ensemble, parce qu'elles avaient jeté un œuf du haut de la galerie sur la tête du proviseur et qu'elles avaient été prises, en plein conseil de classe, de leur fameux fou rire en forme de grelots, ce jour-là particulièrement inextinguible. Alors, maman Janine les avait placées dans une école de couture, où elles avaient, on se demandait comment, obtenu ensemble leur C.A.P. de mécaniciennes. Depuis, elles entraient régulièrement dans les ateliers, pour en sortir un mois ou deux plus tard, après avoir semé la pagaille et manqué faire brûler la baraque.

C'est comme cela que, le jour de leurs dix-neuf ans, elles étaient encore dans l'atelier Ohio Made in U.S.A., à coudre des poches et à faire des boutonnières pour le compte de Jacques Rossi, le patron. Quand elles étaient entrées là-dedans, Pouce avait promis à maman Janine d'être raisonnable et de se comporter en honnête ouvrière, et Poussy avait fait la même promesse. Mais quelques jours plus tard, l'atmosphère de bagne de l'atelier avait eu raison de leurs résolutions. Entre elles et Rossi, c'était la guerre. Les autres filles ne parlaient pas et s'en allaient très vite dès que le travail était fini, parce qu'elles avaient un fiancé qui venait les chercher en voiture pour les amener danser. Pouce et Poussy, elles, n'avaient pas de fiancé. Elles n'aimaient pas trop se séparer, et quand elles sortaient avec des types, elles s'arrangeaient pour se retrouver et passer la soirée ensemble. Il n'y avait pas de garçon qui résiste à cela. Pouce et Poussy s'en fichaient. Elles allaient ensemble au Café-Bar-Tabacs du coin de la rue, à côté de l'atelier, et elles buvaient de la bière en fumant des cigarettes brunes et en se racontant des tas d'histoires entrecoupées de leur rire en cascade.

Elles racontaient toujours la même histoire,

une histoire sans fin qui les entraînait loin de l'atelier, avec ses barres de néon, son toit de tôle ondulée, ses fenêtres grillagées, le bruit assourdissant de toutes les machines en train de coudre inlassablement les mêmes poches, les mêmes boutonnières, les mêmes étiquettes Ohio Made in U.S.A. Elles s'en allaient déjà, elles partaient pour la grande aventure, à travers le monde, dans les pays qu'on voit au cinéma : l'Inde, Bali, la Californie, les îles Fidji, l'Amazonie, Casablanca. Ou bien dans les grandes villes où il y a des monuments magiques, des hôtels fabuleux avec des jardins sur le toit, des jets d'eau, et même des piscines avec des vagues, comme sur la mer : New York, Rome, Munich, Mexico, Marrakech, Rio de Janeiro. C'était Pouce qui racontait le mieux l'histoire sans fin, parce qu'elle avait lu tout cela dans des livres et dans des journaux. Elle savait tout sur ces villes, sur ces pays : la température en hiver et en été, la saison des pluies, les spécialités de la cuisine, les curiosités, les mœurs des habitants. Ce qu'elle ne savait pas, elle l'inventait, et c'était encore plus extraordinaire.

Poussy l'écoutait, et elle ajoutait des détails, ou bien elle faisait des objections, comme si elle corrigeait des souvenirs, rectifiait des inexactitudes, ou bien ramenait au réel des faits exagérés. Elles racontaient l'histoire sans fin partout, n'importe quand, à midi au moment de la pause, ou bien le matin de bonne heure, en attendant l'autobus qui les menait à l'atelier. Quelquefois les gens écoutaient, un peu étonnés, et ils haussaient les épaules. François, le petit ami de Pouce, essayait de placer une blague, mais au bout d'un instant, il s'en allait, excédé. Mais Poussy aimait bien quand Marc venait s'asseoir avec elles, au Café-Bar-Tabacs, parce qu'il jouait très bien le jeu. Il racontait des choses invraisemblables, quand il avait voyagé dans le Trans Europ Express, la nuit, sans ticket, ou bien quand il avait habité plusieurs jours dans la Maison de la Radio, en mangeant avec les appariteurs et en téléphonant à ses amis dans les bureaux inoccupés. Mais lui, ce qu'il racontait était peut-être vrai, ça se voyait dans ses yeux qui brillaient, et Poussy aimait bien l'écouter parler. Marc n'était pas son petit ami, il était déjà fiancé à une fille très belle mais un peu bête qui s'appelait Nicole, mais que les autres avaient surnommée Minnie, on ne savait pas bien pourquoi.

C'est comme cela qu'elles ont commencé à parler de la grande vie. Au début, elles en ont parlé sans y prendre garde, comme elles avaient parlé des autres voyages qu'elles feraient, en Équateur, ou bien sur le Nil. C'était un jeu, simplement, pour rêver, pour oublier le bagne de l'atelier et toutes les histoires avec les autres filles et avec le patron Rossi. Et puis, peu à peu, ça a pris corps, et elles ont commencé à parler pour de vrai, comme si c'était quelque chose de sûr. Il fallait qu'elles partent, elles n'en pouvaient plus. Pouce et Poussy ne pensaient plus à rien d'autre. Si elles attendaient, elles deviendraient comme les autres, vieilles et tout aigries, et de toute façon, elles n'auraient jamais d'argent. Et puis, à supposer que le patron Rossi ne les mette pas à la porte, elles savaient bien qu'elles ne tiendraient plus très longtemps maintenant.

Alors, un jour, elles sont parties. C'était la fin du mois de mars, et il pleuvait sur la ville, toute grise et sale, il pleuvait une petite pluie froide qui mouillait tout, même les cheveux, même les pieds dans les bottes, même les draps de lit.

Au lieu d'aller à l'atelier, les deux filles se sont retrouvées devant la grande gare, à l'abri de l'auvent, avec un seul billet de train aller première classe pour Monte-Carlo. Elles auraient bien voulu aller à Rome, ou à Venise, pour commencer, mais elles n'avaient pas assez d'argent. Le billet de première classe pour Monte-Carlo avait déjà mangé la plus grande partie de leurs économies.

Pour maman Janine, elles avaient préparé une carte postale, sur laquelle il y avait écrit : « Nous partons en vacances. Ne t'inquiète pas. Baisers. » Et ensemble, en riant, elles ont mis la carte postale dans la boîte aux lettres.

Quand elles se sont retrouvées dans le beau train, assises sur les banquettes neuves recouvertes de feutre gris, avec le tapis bleu marine sous leurs pieds, leur cœur battait très vite, plus vite qu'il n'avait jamais battu. Alors le train s'est ébranlé, a commencé à rouler à travers la banlieue laide, puis à toute vitesse le long des talus. Pouce et Poussy s'étaient installées tout contre la vitre, et elles regardaient le paysage tant qu'elles pouvaient, au point qu'elles en oubliaient de parler, ou de rire. C'était bien de partir, enfin, comme ça, sans savoir ce qui se passerait, sans même savoir si on reviendrait. Elles n'avaient pas pris de bagages, pour ne pas effrayer maman Janine, juste un sac de voyage avec quelques affaires, sans rien pour manger ou pour boire. Jusqu'à Monte-Carlo, le voyage était long, et elles n'avaient plus beaucoup d'argent. Mais c'est à peine si l'une d'elles ressentait, de temps à autre, une légère inquiétude. De toute façon, cela faisait partie du plaisir. Pouce regardait Poussy, de temps en temps à la dérobée, et elle se sentait aussitôt rassurée. Poussy, elle, ne quittait pas des yeux le paysage vert qui défilait à l'envers, sillonné de gouttes écrasées par le vent du train.

Il faisait chaud dans le compartiment, et le bruit des trolleys sur les rails résonnait régulièrement dans leur tête, alors Pouce s'est endormie, pendant que sa sœur faisait le guet. Après Dijon, il fallait faire attention aux contrôleurs, et Poussy a réveillé Pouce. Leur plan était simple : elles devaient se séparer chacune dans un wagon. La première qui verrait le contrôleur prendrait le billet, puis le rapporterait à l'autre, et elles se feraient passer ainsi l'une pour l'autre. Le contrôleur était un jeune homme avec une petite moustache, et il a regardé davantage la poitrine de Pouce que son billet. Quand il l'a revue, un peu plus loin, il lui a dit simplement : « Vous êtes mieux ici ? » A partir de là, Pouce et Poussy ont compris qu'elles voyageraient tranquilles.

Le train a roulé tout le jour, puis, quand la nuit est tombée, Pouce et Poussy ont vu la mer

Méditerranée pour la première fois, les grandes flaques couleur de métal dans l'échancrure des montagnes noires.

« C'est beau ! » disait Pouce.

Poussy respirait l'air froid qui soufflait par la vitre entrouverte.

« Regarde, des usines. »

Les grandes cheminées crachaient des flammes dans la lueur du crépuscule. C'était comme si la mer alimentait ces feux.

« C'est beau ! » disait Pouce. « Je voudrais aller là ! » Elle pensait qu'elle pourrait marcher au bord du lac d'acier, entre les tanks et les cheminées. C'était la solitude au bord de la mer. Le ciel était absolument pur, couleur d'eau et de feu.

Après Marseille, le train s'est enfoncé dans la nuit. Tout éclairé de lumières, les glaces fermées de reflets. Pouce et Poussy avaient faim, et soif, et sommeil. Elles ont tiré les rideaux du compartiment, et elles se sont allongées sur les banquettes. Elles ont eu peur quand le contrôleur a ouvert la porte. Mais ce n'était pas le même et il a seulement demandé :

« On vous a déjà contrôlées ? »

Et il est reparti sans écouter la réponse.

Tard dans la nuit, le train s'est immobilisé dans la gare de Nice, et les deux jeunes filles ont baissé la vitre pour regarder au-dehors l'immense voûte de fer forgé sous laquelle se hâtaient les voyageurs frileux. Le vent froid soufflait dans la gare, et Pouce et Poussy étaient très pâles de fatigue ; elles grelottaient.

Puis le train est reparti, plus lentement. A chaque gare, elles croyaient que ça y était, et elles se penchaient au-dehors pour lire les noms : Beaulieu, Cap-d'Ail.

Enfin le train s'est arrêté à Monte-Carlo, et elles sont descendues sur le quai. Il était tard, dix heures passées. Les gens les regardaient avec des yeux bizarres, les hommes surtout, engoncés dans leur pardessus. Pouce a regardé Poussy, l'air de dire : « Qu'est-ce que tu en dis, hein ? » Mais elles étaient si fatiguées qu'elles n'avaient même plus la force de rire.

Dans le taxi qui les conduisait à l'hôtel (« le plus bel hôtel, d'où on voit bien la mer, et où il y a un bon restaurant ») elles se sont chuchoté des idées pour manger. Du poisson, du homard, des crevettes, et du champagne ; ce n'était pas le moment de boire de la bière.

Le taxi payé il ne restait plus grand-chose dans la pochette de Poussy, de quoi aller au Casino le lendemain, et distribuer quelques bons pourboires. Devant l'hôtel, Poussy est descendue d'abord, et elle est allée se cacher derrière un massif de fleurs, pendant que Pouce allait prendre la chambre. (« Un grand lit, et la vue sur la mer. ») Un instant après, clé en main, c'est Poussy qui allait voir la chambre numéro 410. Quand elle est redescendue, elle s'est déclarée satisfaite, sauf pour la vue sur la mer parce qu'il fallait sortir sur le balcon, et pour la salle de bains qui était un peu petite. Mais Pouce lui a donné une bourrade, et elles ont ri très fort. Elles avaient oublié leur fatigue. Elles avaient hâte de manger. Pouce disait qu'elle était prête à dévorer. Elles se sont séparées pour monter jusqu'à la chambre, Pouce trois minutes avant Poussy, qui avait pris l'escalier au fond du hall. L'hôtel était plein de gens très chics, messieurs en complets vestons, en pardessus clairs, écharpes, et dames en robe lamée, ou en pantalon de satin blanc. Le pantalon et le pull bleu marine des deux amies passaient inaperçus. Quand elles se sont retrouvées dans la grande chambre blanche, elles ont eu un moment de vertige. Elles ont crié, elles ont chanté même, n'importe quoi, ce qui leur passait par la tête, jusqu'à ce que la voix leur manque. Puis Pouce est allée s'installer sur la terrasse, malgré le vent froid, tandis que Poussy commandait à dîner par téléphone. Il était trop tard pour manger du poisson ou du homard, mais elle put obtenir des sandwiches chauds et une bouteille de champagne, que le garçon d'étage a apportés sur une petite table roulante. Il n'a même pas regardé la silhouette de Pouce devant la fenêtre et quand Poussy lui a donné un bon pourboire, son visage s'est éclairé. « Bonne nuit, mademoiselle », a-t-il dit en refermant la porte.

Les deux amies ont mangé et bu, et le champagne leur a fait tourner la tête ; puis leur a donné tout d'un coup mal à la tête. Alors elles ont éteint la lumière et elles se sont couchées tout habillées sur le grand lit frais. Elles se sont endormies tout de suite.

Le lendemain, et les jours suivants, ça a été comme une fête. D'abord, il y avait le lever du soleil. Dès le point du jour, Pouce sortait du lit. Elle allait dans la salle de bains prendre une longue douche très chaude, en savourant l'odeur un peu poivrée de la savonnette jaune toute neuve. Après le bain, il y avait aussi la grande serviette-éponge blanche dans laquelle elle s'enveloppait, en se regardant dans le miroir accroché à la porte. Alors Pouce sortait toute frissonnante d'humidité, et elle ouvrait les rideaux beiges pour regarder le jour se lever. Un instant après, elle entendait le bruit de l'eau dans la salle de bains, et Poussy venait la rejoindre, emmitouflée dans le peignoir en tissu-éponge rose. Ensemble elles regardaient la mer grise, couleur de perle, qui s'éclairait peu à peu, tandis que le beau ciel pur s'allumait à l'est, du côté des caps sombres. Il n'y avait pas de bruit, et l'horizon vide paraissait immense, comme le bord d'une falaise. Quand le soleil était près d'apparaître, il y avait des vols de goélands au-dessus de la mer. Ils passaient en planant dans le vent, à la hauteur de l'étage où se trouvaient les jeunes filles, et même plus haut encore, et ça donnait un drôle de vertige, comme un bonheur.

« C'est beau... », répétait Pouce, et elle se serrait contre le peignoir de bain de Poussy, sans quitter des yeux la mer illuminée.

Plus tard, à tour de rôle, elles téléphonaient au restaurant de l'hôtel pour qu'on leur apporte à manger sur la petite table roulante. Elles demandaient n'importe quoi, au hasard, sur la carte, en faisant semblant de s'étonner quand on leur disait que pour le homard à l'américaine, c'était trop tôt, et toujours elles commandaient une bonne bouteille de champagne. Elles aimaient bien tremper leur lèvre supérieure dans la coupe légère, et sentir le pétillement des bulles qui piquait l'intérieur de leur bouche et leurs narines. Le jeune garçon revenait souvent, maintenant c'était lui qui apportait la nourriture et le champagne, et les journaux du matin pliés cérémonieusement sur le plateau de la petite table roulante. Peut-être qu'il aimait bien les pourboires généreux que lui donnaient les jeunes filles, ou alors peut-être qu'il aimait bien les voir parce qu'elles n'étaient pas comme les autres clients de l'hôtel, elles riaient et elles avaient l'air de s'amuser tout le temps.

Même, c'est lui qui leur avait montré comment on règle le mélangeur de la douche, et comment on fait marcher le store électrique en appuyant sur le bouton pour faire tourner les lattes de plastique. Il avait des cheveux bruns bouclés et des yeux verts, et il s'appelait Éric. Mais elles ne lui avaient pas dit leur nom, parce qu'elles se méfiaient de lui tout de même un peu.

Les premiers jours, elles n'avaient pas fait grand-chose. Dans la journée, elles étaient allées se promener dans les rues, pour regarder les vitrines des magasins, puis au bord de la mer, au port, pour regarder les bateaux.

« Ça serait bien de partir », disait Pouce.

« Tu voudrais aller sur un bateau ? » demandait Poussy.

« Oui, pour aller loin, loin… En Grèce, ou en Turquie, ou en Égypte, même. »

Alors elles avaient marché sur les quais, et le long des pannes pour choisir le bateau sur lequel elles auraient voulu s'en aller. Mais c'était encore l'hiver, le vent froid soufflait en faisant claquer les agrès et gémir les amarres. Il n'y avait personne sur les bateaux.

Finalement, elles en ont trouvé un qui leur plaisait bien. C'était une grosse barque bleue, avec un mât en bois et un habitacle à peine grand comme une niche. Il s'appelait *Cat* et, ça aussi, ça leur plaisait bien comme nom. Elles sont même montées dessus, Pouce à l'avant, couchée contre la pointe de l'étrave, pour regarder l'eau sombre, et Poussy debout près de l'habitacle, à surveiller si personne ne venait.

Ensuite, il s'était mis à pleuvoir, et elles étaient allées s'abriter sous les portiques des restaurants fermés. Elles avaient regardé les gouttes tomber dans l'eau du port, en parlant et en riant. Il n'y avait vraiment personne, ou presque, de temps en temps une voiture qui roulait lentement le long de la promenade et qui remontait vers le haut de la ville.

Après, les deux jeunes filles rentraient à l'hôtel, l'une après l'autre comme toujours, l'une par l'ascenseur, l'autre par l'escalier, et elles commandaient au téléphone des tas de choses à manger, du poisson, des crustacés, des fruits, des gâteaux. Mais elles ne buvaient plus de champagne parce que ça leur donnait vraiment mal à la tête. Elles demandaient de la limonade, ou des jus de fruits, ou du Coca-Cola.

C'étaient les premiers jours. Après, Pouce en a eu assez de manger dans la chambre d'hôtel, et de se cacher dans la salle de bains chaque fois qu'on frappait à la porte de peur que ce ne soit pas le même garçon. D'ailleurs, elles en avaient assez de l'hôtel, et les gens commençaient à les regarder bizarrement, parce qu'elles ne changeaient jamais de vêtements, peut-être, et puis il y avait des gens qui les avaient vues ensemble et Poussy disait que ça finirait par se savoir.

Par une belle matinée ensoleillée, elles sont parties toutes les deux, l'une après l'autre. Poussy est sortie la première, comme si elle allait se promener dans le jardin après le petit déjeuner, du côté de la piscine. Pouce lui a lancé par la fenêtre le sac de voyage avec leurs affaires, et, quelques minutes plus tard, elle est descendue à son tour pour sortir sur l'avenue ; au bout du pâté de maisons, elle a retrouvé

Poussy avec le sac. Elles ont marché en parlant et en riant, et elles ont décidé, comme elles n'avaient presque plus d'argent, de faire du stop.

Pouce voulait aller vers Nice, et Poussy vers l'Italie ; alors elles ont joué à pile ou face, et c'est Poussy qui a gagné. Avant de partir, Pouce a quand même voulu appeler chez elle pour dire que tout allait bien. Elle a mis une pièce dans l'appareil, et quand maman Janine a décroché à l'autre bout, elle a dit très vite, juste avant que la communication ne soit coupée :

« C'est Christèle. Tout va bien, ne t'inquiète pas, je t'embrasse. »

Poussy a dit que ça ne valait sûrement pas la peine de téléphoner si peu de temps et que, d'ailleurs, maman Janine penserait peut-être qu'elles avaient été kidnappées et qu'on l'avait obligée à parler très vite.

« Tu crois ? » a dit Pouce. Ça a eu l'air de l'inquiéter un instant, et puis elle n'y a plus pensé. Plus tard, Poussy a dit : « On va lui envoyer une carte postale de Monte-Carlo. Quand elle arrivera, on sera en Italie, on ne risquera plus rien. »

Dans un bureau de tabac, elles ont choisi une carte postale qui représentait le Rocher, le

Palais du Prince ou quelque chose de ce genre, et, en empruntant un crayon à bille, elles ont écrit toutes les deux : « A bientôt, baisers » et elles ont signé : Christèle, Christelle. Elles ont mis l'adresse de maman Janine, et elles ont glissé la carte dans une boîte aux lettres.

Pour le stop, elles se sont installées à un feu rouge, sur la promenade du bord de mer. Il faisait très beau, et elles n'ont pas attendu longtemps. Une Mercedes s'est arrêtée, conduite par un homme d'une cinquantaine d'années, vêtu comme un play-boy, et qui sentait la savonnette. Pouce est montée derrière, et Poussy s'est installée à côté du conducteur.

« Où allez-vous ? »

« En Italie », a dit Poussy.

L'homme a mis un doigt au milieu de ses lunettes de soleil.

« Moi, je vais jusqu'à Menton seulement. Mais l'Italie, c'est juste à côté. »

Il conduisait vite, et ça donnait un peu mal au cœur à Poussy. Ou bien c'était peut-être l'odeur de la savonnette. Il glissait de temps en temps un coup d'œil de côté, pour regarder la jeune fille.

« Vous êtes jumelles ? »

« Oui », dit Poussy.

« Ça se voit », dit l'homme. « Vous vous ressemblez comme deux gouttes d'eau. »

Il s'irritait parce que les deux jeunes filles ne voulaient pas parler. Alors il a allumé une cigarette. Il doublait n'importe comment, dans les virages, et il klaxonnait avec rage quand on ne lui laissait pas le passage.

Et puis il a dit, tout d'un coup :

« Vous savez que c'est risqué de faire de l'auto-stop comme ça, pour deux jolies filles comme vous ? »

« Ah bon ? » a dit Poussy.

L'homme avait un petit rire de gorge.

« Oui, parce que si je vous emmenais faire un tour, là où il n'y a personne, qu'est-ce que vous pourriez faire ? »

« On sait bien se défendre, vous savez. »

L'homme a ralenti.

« Qu'est-ce que vous feriez ? »

Après avoir réfléchi, Poussy a dit tranquillement :

« Eh bien, moi je vous donnerais un coup de manchette sur la pomme d'Adam, ça fait très mal, et pendant ce temps ma collègue vous claquerait des deux sur les oreilles pour faire péter vos tympans. Et si ça ne suffisait pas, avec une épingle que j'ai sur moi, je vous donnerais un bon coup dans les parties. »

Pendant un instant, l'homme a conduit sans rien dire. Poussy voyait qu'il avalait péniblement sa salive. Alors l'auto est entrée dans la ville de Menton, et l'homme a donné un coup de frein, sans avertir. Il s'est penché, il a ouvert la porte par-dessus Poussy, et il a dit avec une drôle de voix méchante :

« Allez, vous êtes arrivées. Foutez-moi le camp. »

Les deux jeunes filles sont descendues sur le trottoir. L'homme a fait claquer la portière, et la Mercedes a disparu à toute vitesse au bout de la rue.

« Qu'est-ce qui lui a pris ? » demandait Poussy.

« Je crois bien que tu lui as fait peur », a dit Pouce. Et elles ont ri un bon moment.

Elles ont décidé de marcher. Elles ont traversé la petite ville, avec ses rues éclairées par le soleil. Dans une épicerie, pendant que Poussy demandait quelque chose à la marchande, Pouce s'emparait de deux pommes et d'une orange qu'elle fourrait dans le sac de voyage. Plus loin, elles se sont assises au bord de la mer pour se reposer, en mangeant les deux pommes et l'orange. La mer était belle sous le vent froid, bleu profond, frangée d'écume. C'était bien de la regarder sans rien dire, en mordant dans les pommes vertes. On oubliait tout le monde, on devenait très lointain, comme une île perdue dans la mer. C'était à cela que pensait Poussy, à cela : comme c'était facile de partir et d'oublier les gens, les lieux, d'être neuf. C'était à cause du soleil, du vent, et de la mer.

Les oiseaux blancs planaient au-dessus des vagues, en criaillant quand Pouce jetait une peau d'orange sur la plage de galets, les oiseaux s'abattaient, criaient, puis se séparaient et recommençaient à flotter dans le vent.

« C'est bien, ici », dit Pouce.

Elle se tournait vers Poussy, elle la regardait. Son beau visage anguleux était déjà bruni par ces journées de soleil, et ses cheveux noirs étaient brillants de sel et de lumière. Pouce, elle, était plus rouge, surtout sur le nez qui commençait à peler.

« Si on restait ici, quelques jours ? »

Poussy dit :

« Jusqu'à demain, d'accord. »

Elles ont trouvé un hôtel sur la promenade du bord de mer, un vieil hôtel tout blanc, avec un jardin à l'arrière. C'était moins luxueux qu'à Monte-Carlo, mais elles ont décidé de prendre une chambre pour deux, cette fois. Quand elle remplissait le livre des arrivées, Poussy demandait : « Il faut payer tout de suite ? » Et, naturellement, la réceptionniste disait : « Quand vous voudrez, en partant c'est mieux ». Ça mettait les gens en confiance. La chambre était belle et claire, et on voyait la mer entre les palmiers, lointaine, confondue avec le ciel.

C'est le soir surtout qui était beau, quand le vent s'arrêtait, comme un souffle suspendu, et que la belle lumière jaune faisait briller les maisons ocre, blanches et roses, et découpait la silhouette de la vieille ville sur le ciel pâle. C'était comme d'être au bout du monde, « comme à Venise », disait Poussy. « On ira ? On va aller à Venise, après ? » demandait Pouce, avec une intonation presque enfantine, et Poussy souriait et la serrait contre elle.

Une fois, après le dîner, elles sont montées en haut d'une des collines, en suivant les chemins qui serpentaient entre les villas et les jardins, pour regarder le soleil se coucher derrière la ville, il y avait des chats errants sous les autos arrêtées et en haut des murs, qui les observaient avec leurs pupilles arrondies. Là, il n'y avait presque pas de vent, et l'air était doux et tiède comme en été, chargé de l'odeur des mimosas. C'était bien, ici, c'était un endroit pour oublier. Pouce et Poussy se sont installées sur un talus, tout à fait en haut de la colline, là où il y avait un petit bois de pins. Des chiens aboyaient, prisonniers dans les jardins des villas. Le soir est tombé petit à petit, sans ombre, en éteignant seulement les couleurs, les unes après les autres. C'était comme de la cendre. C'était très doux, avec les fumées qui montaient par endroits et les nuages qui traînaient jusqu'à l'horizon, couleur d'or et de feu. Puis, quand la nuit s'est installée, les lumières ont commencé à briller un peu partout, sur le toit des maisons, dans les parallélépipèdes des immeubles. Il y avait des lumières sur la mer aussi, les feux rouges des balises, les réverbères de la jetée, et, peut-être, au large, les lumières à peine visibles d'un grand cargo qui allait vers Gênes.

Les jeunes filles regardaient toutes les lumières qui s'allumaient, en bas, le long de la côte, dans les creux des vallons, les dessins des routes sur les collines. Elles regardaient aussi les phares des autos, les petits points jaunes qui avançaient si lentement, comme des insectes phosphorescents. Ils étaient si loin, si petits, ça n'avait plus tellement d'importance quand on les regardait d'ici, du haut de la colline.

« On est bien, ici », chuchotait Pouce, et elle appuyait sa tête sur l'épaule de son amie, comme si elle allait s'endormir. Mais Poussy sentait quelque chose de bizarre en elle, comme quand quelqu'un vous regarde dans le dos, ou comme quand on sent qu'il va se passer quelque chose de mal. Son cœur battait vite et fort, et cela faisait de grands coups dans sa tête, dans sa gorge, des douleurs. Et elle frissonnait par moments, le long de ses bras, le long de son dos, un drôle de picotement qui se nouait sur sa nuque. C'était peut-être aussi le froid de la nuit. Mais elle ne disait rien à Pouce pour ne pas l'empêcher de rêver. Elle retenait sa respiration, et au bout d'un instant, son souffle s'échappait avec un grand soupir.

« Qu'est-ce que tu as ? » disait Pouce.

« Rien… Viens, on s'en va », disait Poussy, et elle commençait à descendre la colline, vers la ville, vers toutes les lumières qui bougeaient et brillaient, pareilles à des insectes laborieux.

Pour manger, ça n'était pas toujours facile. L'hôtel où étaient descendues les jeunes filles ne faisait pas restaurant le soir, et quand elles avaient faim, il fallait qu'elles se débrouillent. Un soir elles sont allées manger dans un grand restaurant au bord de la mer, et au moment de payer, elles se sont éclipsées l'une après l'autre par la fenêtre des W.-C. C'était une lucarne étroite, mais elles étaient très minces, et elles n'ont pas eu trop de mal à se glisser au-dehors, puis elles ont couru tant qu'elles ont pu, jusqu'à l'hôtel. Le lendemain, elles ont fait la même chose dans un café, au centre de la ville. Elles se sont contentées de sortir, de marcher tranquillement, et de se perdre chacune dans une direction. Elles s'étaient donné rendez-vous sur le port, et comme à chaque fois, elles ont parlé de tout cela en riant, contentes d'avoir échappé. « Si l'une de nous est prise, on jure que l'autre fera tout ce qu'elle peut pour la faire évader », disait Pouce. « Je le jure », répondait Poussy.

Mais après cela, il fallait changer de ville, parce que ça devenait trop risqué. Pour aller en Italie, Pouce a décidé qu'elles devaient changer leur garde-robe. Dans un grand magasin, elles ont laissé leurs pantalons bleus et leurs T-shirts et elles sont parties avec des ensembles blancs : Pouce avec un bermuda et un pull, et un blouson en nylon, Poussy avec une jupe droite et une veste en laine. Dans le rayon des souvenirs, Poussy a choisi pour elle un serre-tête en perles avec des motifs indiens d'Amérique, et pour son amie une paire de bracelets en matière plastique couleur d'ivoire. Et dans le rayon des chaussures, Pouce et Poussy ont laissé leurs souliers qui commençaient à être un peu fatigués contre des bottes courtes, style western, en skaï blanc.

Quand elles ont eu changé de costumes, elles sont parties pour l'Italie, sans même aller chercher leur sac à l'hôtel. Comme cela, il n'y avait pas de problème pour payer l'addition, et de toute façon, ce qu'elles avaient dans leur sac ne valait pas la peine de faire un détour. « D'ailleurs », avait dit Pouce, « c'est plus commode pour faire du stop de n'avoir rien dans les mains. » Poussy avait gardé son aumônière avec les cartes d'identité, et un peu d'argent qui leur restait. Pouce, elle, n'avait même pas un tube de rouge à lèvres.

Elles auraient préféré partir en train, mais maintenant elles n'avaient plus assez d'argent pour prendre un billet. Alors elles sont sorties de la ville, et elles ont fait signe aux voitures qui passaient. Elles n'ont pas attendu très longtemps. C'était un Italien dans une Alfa Romeo blanche, et comme d'habitude, Poussy est montée devant et Pouce derrière. L'homme avait la quarantaine, des joues tachées de barbe, et des yeux d'un bleu très vif. Il parlait mal le français, et les jeunes filles ne parlaient pas du tout l'italien. Mais ils plaisantaient quand même, et chaque fois que l'homme disait un bout de phrase de travers elles riaient aux éclats, et lui aussi riait bien.

Au moment de passer la frontière, tout le monde est redevenu sérieux, mais il n'y a pas eu de problème. Le douanier italien a regardé les cartes d'identité des jeunes filles, et il a dit quelque chose au conducteur de la voiture, et ils ont éclaté de rire. Puis ils sont repartis à toute vitesse sur la route du bord de mer qui tournait entre les villas et les jardins, qui longeait les caps et les baies, dans la direction d'Alassio.

Ils sont arrivés dans la ville vers la fin de l'après-midi. Il y avait du monde dans les rues, sur les trottoirs, et la chaussée était sillonnée de Vespa qui zigzaguaient entre les trolleybus et les voitures en faisant siffler leurs moteurs suraigus. Pouce et Poussy regardaient tout avec des yeux émerveillés. Elles n'avaient jamais vu tant de monde, tant d'agitation, de couleurs, de lumière. L'homme à l'Alfa Romeo s'est garé sur une grande place entourée d'arcades et de palmiers. Il a laissé sa belle voiture neuve n'importe où, sans se soucier des signes des agents de police. Il a montré aux jeunes filles un grand café avec des tables couvertes de nappes blanches et il les a entraînées là, dehors, en plein soleil. L'homme a dit quelque chose au garçon qui est revenu quelques instants après avec deux énormes glaces nappées de crème et de chocolat fondu. Lui, il s'est contenté d'un café très noir dans une minuscule tasse. Les glaces leur ont fait pousser des cris, et elles ont ri si fort que les gens se retournaient sur la place. Mais ils n'avaient pas l'air gêné, ni même curieux ; ils riaient aussi de voir deux jolies filles vêtues de blanc, la peau couleur de cuivre, les cheveux frisés par la mer et le soleil, attablées devant ces énormes glaces qui ressemblaient à des mottes de neige.

Elles ont mangé toute leur glace, et après cela, elles ont bu un grand verre d'eau fraîche. L'homme a regardé sa montre et il a dit : « *Me vono* » plusieurs fois. Il attendait peut-être qu'elles repartent avec lui. Mais Poussy a secoué la tête, et elle lui a montré tout cela, la ville, les maisons à arcades, la place où les autos et les Vespa tournaient sans cesse comme les figures d'un manège, et elle n'a rien dit, et il a compris tout de suite. Mais il n'avait pas l'air déçu, ni en colère. Il a payé les glaces et le café au garçon, puis il est revenu, et il les a regardées un instant avec ses yeux bleus qui brillaient dans son visage sombre. Il s'est penché vers elles, l'une après l'autre, en disant

« *Bacio, bacio* ». Poussy et Pouce l'ont embrassé sur la joue, en respirant un instant le parfum un peu piquant de sa peau. Puis il est parti vers son Alfa Romeo, et il a démarré. Elles l'ont regardé tourner autour de la place, se joindre au ballet des autos et des Vespa, et disparaître dans la grand-rue.

Il commençait à être un peu tard, mais les deux jeunes filles ne se souciaient pas du tout de l'endroit où elles allaient dormir. Comme elles n'avaient plus de bagage encombrant, juste l'aumônière en skaï bleu marine de Poussy, elles ont commencé à flâner dans la ville, en regardant les gens, les maisons, les rues étroites. Il y avait toujours beaucoup de monde, de plus en plus de monde, parce que pour les Italiens, ça n'était pas la fin de la journée, mais une nouvelle journée qui commençait avec le soir. Les gens sortaient de toutes les maisons, des hommes habillés de complets noirs, avec des chaussures brillantes, des femmes, des enfants ; même les vieux sortaient dans la rue, quelquefois en tirant une chaise de paille pour s'asseoir au bord du trottoir.

Tous, ils parlaient, ils s'interpellaient d'un bout à l'autre des rues, ou bien ils parlaient avec le klaxon de leurs autos et de leurs Vespa. Il y avait des jeunes gens qui marchaient à côté de Pouce et Poussy, un de chaque côté, et ils parlaient aussi, sans arrêt, en leur prenant le bras et en se penchant vers elles ; ils racontaient tellement d'histoires dans leur langue que ça faisait tourner la tête.

Mais ça les faisait rire aussi, c'était comme une ivresse, tous ces gens, dans la rue, ces femmes, ces enfants qui couraient, les premières lumières des magasins, le salon de coiffure d'homme avec un fauteuil d'acier et de cuir rouge où un gros homme allongé, le visage couvert de mousse, se faisait raser en regardant la rue. Les garçons qui marchaient à côté de Pouce et de Poussy se lassaient, s'en allaient, étaient remplacés par deux autres garçons bruns de visage et de cheveux, avec des dents très blanches. Ils essayaient de leur parler en français, en anglais, puis ils recommençaient leur bavardage en italien, en fumant de fausses cigarettes américaines qui sentaient la feuille morte. Pouce et Poussy entraient dans les magasins de mode, ou chez le marchand de chaussures, et elles essayaient des robes et des sandales qui ressemblaient à des cothurnes, sans regarder les deux garçons restés au-dehors qui leur faisaient des signes et des grimaces à travers la vitrine.

« Ils m'énervent », disait Pouce.

« Laisse-les. Ne les regarde pas », disait Poussy.

Mais ça n'était pas facile de faire des affaires avec de tels pitres dans les parages. Les gens s'arrêtaient devant le magasin, cherchaient à voir ce qu'il y avait à l'intérieur en plissant leurs yeux. Même il y a eu un policier tout à coup, et Poussy et Pouce ont senti leur cœur battre plus vite, mais il était là comme les autres, par curiosité. Puis il s'est senti vexé d'être surpris à baguenauder, alors il est entré dans le magasin et il a dit quelque chose, et la vendeuse qui parlait français a traduit :

« Il vous demande si les garçons vous ennuient. »

« Oui, non », ont dit Pouce et Poussy. Elles étaient un peu gênées.

Mais quand elles sont sorties du magasin les garçons avaient décampé, et plus personne ne s'est approché d'elles, comme si tout le monde avait été au courant de l'intervention du policier.

Vers la fin de l'après-midi, Pouce a commencé à traîner la jambe et à souffler. Quand Poussy l'a regardée, elle a été un peu effrayée de la voir si pâle, malgré le hâle.

« Qu'est-ce que tu as ? »

Pouce a haussé les épaules.

« Je suis fatiguée… J'ai froid, c'est tout. »

Alors elles se sont mises à chercher un hôtel. Mais c'était partout pareil. Quand elles entraient dans le hall, les gens de la réception les regardaient bizarrement, avec un regard en dessous, et tout de suite ils demandaient à Poussy de payer la nuit d'avance. C'était lassant, et elles auraient bien payé si elles avaient eu suffisamment d'argent, mais l'aumônière de Poussy était maintenant presque vide. Alors elles faisaient semblant d'être venues juste pour le renseignement, et Poussy disait : « Merci, on vous téléphonera plus tard pour réserver. » Et elles s'en allaient très vite, de peur que les gens de l'hôtel n'aient l'idée d'alerter la police.

« Alors, qu'est-ce qu'on fait ? » a dit Pouce.

Elles étaient un peu fatiguées par tout le monde, et, en plus, elles n'avaient rien pu prendre dans les magasins à cause du policier. Alors elles sont retournées jusqu'à la place Partigiani, et de là, elles sont allées sur la plage. C'était le soir, il n'y avait pas de vent sur la mer. Le ciel était immense et rose, couleur de perle, et les grandes vieilles maisons debout dans le sable de la plage ressemblaient à des vaisseaux échoués. Jamais Pouce et Poussy n'avaient rien imaginé de plus beau.

« Tu crois que c'est comme ça, à Venise ? » a dit Pouce.

Les oiseaux de mer volaient lentement au ras de la mer, sautant légèrement par-dessus les vagues. Il y avait l'odeur profonde et lointaine, le goût du sel, et cette lumière rose du ciel sur l'eau grise, sur les façades couleur de vieil or.

« Je voudrais ne jamais m'en aller d'ici », a dit encore Pouce.

Elles se sont assises sur le sable, tout près de la frange d'écume, pour regarder la nuit venir.

Elles ont dormi là, sur la plage, protégées des regards et du vent froid par un vieil escalier qui conduisait à une porte murée, et par la carcasse d'une barque abandonnée. Mais le sable était doux et léger, et il gardait un peu de la chaleur dorée de la dernière lumière du soleil. C'était bien de dormir en plein été, entouré par le bruit lent de la mer et par l'odeur puissante du sel. C'était comme si elles avaient été à l'autre bout du monde et que tout ce qu'elles avaient connu autrefois, depuis leur enfance, était effacé, oublié.

Dans la nuit, Poussy s'est réveillée. Elle avait froid et elle n'avait plus sommeil. Sans faire de bruit, elle a marché sur la plage, jusqu'à la mer. La lune brillait dans le ciel noir, éclairait les vagues et faisait briller l'écume très blanche. Aussi loin qu'on pouvait voir, il n'y avait personne sur la plage. Les silhouettes des vieilles maisons étaient sombres, avec leurs volets fermés contre le vent de la mer.

La jeune fille a écouté un long moment le bruit de la mer, les longues vagues qui s'écroulaient mollement sur le sable et jetaient vers ses pieds les franges d'écume phosphorescente. Au bout de la baie, il y avait le phare de Capo Mele, et, plus loin encore, la lueur d'Albenga dans le ciel, au-dessus des collines.

Poussy aurait bien aimé se plonger dans l'eau sombre, pleine d'étincelles de lumière de la lune, mais elle avait froid, et un peu peur aussi. Elle a seulement enlevé ses bottes, et elle a marché pieds nus dans l'écume. L'eau était glacée, légère, tout à fait comme la lumière de la lune dans le ciel noir.

Ensuite elle s'est assise auprès de Pouce qui continuait de dormir. Et pour la deuxième fois depuis le début de leur voyage, elle a ressenti ce grand vide, presque un désespoir, qui déchirait et trouait l'intérieur de son corps. C'était si profond, si terrible, ici dans la nuit, sur la plage déserte avec le corps de Pouce endormi dans le sable et ses cheveux bougeant dans le vent, avec le bruit lent et impitoyable de la mer et la lumière de la lune, c'était si douloureux que Poussy a un peu gémi, pliée sur elle-même.

Qu'est-ce que c'était ? Poussy ne le savait pas. C'était comme d'être perdue, à des milliers de kilomètres, au fond de l'espace, sans espoir de se retrouver jamais, comme d'être abandonnée de tous, et de sentir autour de soi la mort, la peur, le danger, sans savoir où s'échapper. Peut-être que c'était un cauchemar qu'elle faisait, depuis son enfance, quand autrefois elle se réveillait la nuit couverte d'une sueur glacée, et qu'elle appelait : « Maman ! Maman ! » en sachant qu'il n'y avait personne qui répondait à ce nom-là, et que rien ne pourrait apaiser sa détresse, ni surtout la main de sa maman Janine qui se posait sur son bras, tandis que sa voix étouffée disait : « Je suis là, n'aie pas peur », mais elle, de tout son être, jusqu'aux plus infimes parties de son corps, protestait en silence : « Ce n'est pas vrai ! Ce n'est pas vrai ! »

Le désespoir et la solitude de Poussy étaient si intenses, en cet instant, que cela a dû réveiller Pouce. Elle s'est relevée, le visage bouffi de sommeil, les cheveux bouclés pleins de sable et d'algues séchées. Elle a dit :

« Qu'est-ce qui se passe ? »

D'une voix si drôle, et son visage avait une

telle expression endormie que Poussy a senti son angoisse fondre d'un seul coup et qu'elle a éclaté de rire. Pouce l'a regardée sans comprendre, et elle s'est mise à rire elle aussi. Cela a fini de réveiller Pouce et, toutes les deux, elles ont décidé de marcher un peu sur la plage pour se réveiller.

Elles sont allées tout à fait au bout de la ville, longeant les vieux immeubles debout sur la plage qui ressemblaient tout à fait à des carcasses de bateaux échoués depuis des siècles. Parfois, comme elles passaient, un chien aboyait quelque part, ou bien elles voyaient les ombres furtives des rats qui couraient sur la plage.

Elles se sont assises au bout de la plage, près de l'estuaire du fleuve. Elles ont allumé une cigarette américaine et elles ont fumé sans rien dire, les yeux fixés sur l'horizon noir et sur la tache scintillante de la lumière de la lune. Il n'y avait presque plus de vent à présent, comme c'est toujours, juste avant l'aube. Mais l'air était froid et humide, et les jeunes filles se sont serrées l'une contre l'autre pour avoir moins froid. Peut-être que Poussy a pensé à ce moment-là à faucher une couverture, ou un parka, dans un grand magasin. Si elle y a pensé, ça n'est pas tant à cause du froid qu'elle ressentait, que parce que Pouce avait commencé à tousser cette nuit-là. Il y avait la fatigue de toutes ces journées de voyage, trop de soleil et trop de vent, peut-être, et les repas pris n'importe quand, n'importe comment, et puis cette longue nuit sur la plage humide, enveloppée de vent et d'embrun. Maintenant Pouce frissonnait, et sa main brûlait dans la main de son amie.

« Tu ne vas pas être malade ? »

Pouce a dit :

« Non, ça va aller, dans un moment. »

« Le soleil va se lever, on va aller dans un café. »

Mais la respiration de Pouce sifflait déjà, et sa voix était rauque, étouffée.

Elles sont tout de même restées là, assises sur des cailloux à côté de l'embouchure du fleuve, à regarder l'horizon et le ciel jusqu'à ce que la première lueur du jour apparaisse à l'est, une tache grise qui grandissait peu à peu au-dessus des terres. Quand le soleil est apparu dans le ciel clair et pur, les jeunes filles sont allées se coucher de nouveau dans le sable, près des murs des vieilles maisons, et elles se sont endormies, peut-être en rêvant de leurs voyages qui n'en finiraient jamais.

Quand le soleil a été bien haut dans le ciel,

Poussy s'est réveillée. Sur la grande plage, il n'y avait que quelques silhouettes de pêcheurs, au loin, en train de s'occuper de leurs barques échouées, ou bien qui faisaient sécher les filets avant de les réparer. Poussy commençait à avoir faim et soif. Elle a regardé un bon moment Pouce allongée à côté d'elle avant de comprendre qu'elle ne dormait pas. La jeune fille avait le visage très pâle, et ses mains étaient glacées. Mais ses yeux brillaient d'un éclat inquiétant.

« Tu es malade ? » a demandé Poussy.

Pouce a répondu par un grognement. Sa respiration sifflait un peu plus fort que tout à l'heure. Quand Poussy a pris son bras pour l'aider à s'asseoir, elle a vu sur sa peau tous les petits poils hérissés, comme quand on a la chair de poule.

« Écoute », a dit Poussy. « Attends-moi ici. Je vais aller en ville pour essayer de trouver une valise, comme ça on pourra aller à l'hôtel. Et puis je vais te chercher quelque chose à manger, et à boire. Du thé, ça te ferait du bien, avec du citron. »

Comme Pouce ne disait ni oui ni non, Poussy est partie tout de suite. Elle a longé la plage jusqu'à ce qu'elle trouve une rue, et elle a cherché un grand magasin.

Pouce est restée seule sur la plage, assise dans le sable, le dos appuyé contre le vieux mur décrépit que le soleil du matin commençait à chauffer un peu. Elle regardait la mer et le ciel, devant elle, avec des yeux troubles, comme s'il y avait de la fumée qui l'entourait et la séparait du réel. Elle respirait à toutes petites goulées, pour ne pas avoir mal au fond de ses poumons, et cette respiration saccadée la fatiguait et lui donnait une sorte de vertige très lent. Maintenant, il y avait du bruit sur la plage, des cris d'enfants, des voix de femmes, des voix d'hommes, peut-être même les échos brouillés d'un poste de radio. Mais Pouce ne faisait guère attention à eux. Elle les percevait comme s'ils venaient du bout d'un très long corridor, hachés, déformés, incompréhensibles.

« *Come ti chiami ?* »

Le son de la voix la fit sursauter. Elle tourna la tête, et elle vit un jeune garçon debout devant elle, qui l'examinait avec insistance.

« *Come ti chiami ?* » répéta-t-il. Sa voix était aiguë, mais pas désagréable. Il regardait avec étonnement la jeune fille, son visage cuivré, ses habits blancs froissés par la nuit, ses cheveux emmêlés et pleins de sable, et ses bracelets en matière plastique.

Pouce a compris la question, et elle a dit son nom, en montrant le pouce de sa main.

« *Pollice ?* » a dit le garçon. Et il s'est mis à rire, et Pouce riait aussi, tandis qu'il répétait :

« *Pollice… Pollicino ! Pollicino !* »

Et puis il a montré sa poitrine avec son index, et il a dit :

« *Sono Pietropaolo. Pietropaolo.* »

Pouce a répété son nom, et ils ont recommencé à rire. Elle avait complètement oublié le mal dans ses poumons et les frissons de fièvre. Elle ressentait seulement une ivresse bizarre, comme quand on est resté longtemps sans manger et sans dormir, une faiblesse pas désagréable.

Pietropaolo s'est assis à côté d'elle, le dos appuyé à la muraille, et il a sorti un vieux paquet de Chesterfield tout froissé, duquel il a extrait deux cigarettes tordues, presque cassées. Pouce a pris la cigarette. La fumée douce lui a fait du bien, au moins pendant les premières bouffées, puis elle s'est mise à tousser si fort que le garçon s'est mis à genoux devant elle, l'air un peu effrayé.

« J'ai mal là », a dit Pouce, en montrant sa poitrine.

« *Male* », a dit le garçon. « *E non hai un medicamento p'ciò ?* »

« Non, non », a dit Pouce.

La toux l'avait fatiguée. De petites gouttes de sueur perlaient sur son front, sur les côtés de son nez, et elle sentait son cœur battre très vite à cause de la brûlure au fond de sa poitrine.

Le soleil était haut dans le ciel maintenant, à sa place d'environ onze heures. Pietropaolo et Pouce restaient assis sans bouger, sans parler, à regarder les vagues tomber sur la plage.

Ensuite Poussy est revenue. Elle portait sur le bras une grosse veste imperméable de couleur kaki, et une bouteille de bière. Elle s'est assise en soufflant sur le sable, comme quelqu'un qui a beaucoup couru. Pouce était appuyée contre le mur, le visage fatigué, les yeux brillants de fièvre.

« Qui est-ce ? » a demandé Poussy.

« C'est Pietropaolo... », a dit Pouce.

Le garçon a fait un large sourire.

« *Pietropaolo. E te ?* »

« Poussy », a dit Poussy.

« Poussy ? »

Pouce a miaulé, pour lui faire comprendre.

« *Ah ! Il gatto ! Gattino !* »

Il s'est mis à rire, et les deux jeunes filles ont ri avec lui. Ensemble ils ont bu de la bière, en essuyant le goulot entre chaque gorgée. Puis

Poussy a montré la veste à Pouce et elle lui a raconté ce qu'elle avait fait.

« C'est pour toi. Pas moyen d'avoir une valise. Partout elles sont attachées avec des chaînes. J'ai failli me faire piquer avec la veste. J'ai dû courir pendant je ne sais combien de temps avec ce truc au bout du bras, et le vendeur qui criait "*Ladra ! Ladra !*" derrière moi. Heureusement il était gros, et il s'est fatigué avant moi. »

« *Ladra ! Ladra !* » a répété Pietropaolo, et ils ont éclaté de rire.

Poussy a aidé Pouce à enfiler la veste.

« Elle est un peu grande, mais ça te tiendra chaud. »

« Et la bière ? » a demandé Pouce.

« Oh, elle était dans un carton, devant un magasin fermé. Je n'ai eu qu'à la prendre. »

Ils buvaient encore de la bière, à tour de rôle, puis Pietropaolo a ressorti son fameux paquet de Chesterfield tout froissé, et il l'a tendu vers les jeunes filles.

Pouce a secoué la tête, et Poussy a refusé elle aussi. Elle lui a dit :

« J'ai faim. »

Le garçon la regardait sans comprendre. Alors elle a montré sa bouche, en faisant claquer ses mâchoires.

« *Ah si. Vorresti mangiare.* »

Il s'est levé d'un bond, et il a disparu en courant dans une des rues qui donnaient sur la plage.

Elles l'ont attendu, sans parler, sans bouger, le dos appuyé contre la vieille muraille, en regardant la mer. Le vent froid soufflait par rafales, il y avait des nuages sombres dans le ciel. Poussy pensait à tout cela, qui était si loin maintenant, l'atelier, les rues grises de la banlieue, la chambre obscure et la cuisine où maman Janine était assise, et pour la première fois depuis des jours elle n'y pensait plus avec angoisse, mais avec une sorte d'indifférence, comme si elle avait vraiment décidé que plus jamais elle ne retournerait dans cette maison. Elle regardait Pouce du coin de l'œil, son visage enfantin, l'expression presque obstinée de ses lèvres, et le front bombé où le vent agitait les boucles des cheveux. Emmitouflée dans la veste kaki, Pouce semblait avoir retrouvé sa chaleur, sa respiration était plus régulière, elle sifflait moins, et ses joues étaient moins pâles. La jeune fille regardait fixement la mer et le sable de la plage vide, comme si elle dormait les yeux ouverts.

« On va rentrer », a dit Poussy tranquillement, si calmement que Pouce a tourné son visage vers elle et l'a regardée avec désarroi.

« On va s'en aller, maintenant. On va rentrer », a dit encore une fois Poussy. Pouce n'a rien dit, mais elle a recommencé à regarder la plage et la mer fixement. Seulement les larmes ont perlé entre ses cils, puis ont glissé sur ses joues, et le vent les chassait un peu arrière. Quand Poussy s'est rendu compte que la jeune fille pleurait en silence, elle l'a serrée contre elle en l'embrassant ; elle lui a dit :

« Ça n'est pas seulement à cause de ça, tu sais, moi aussi j'aurais pu tomber malade, mais c'est parce que... » Mais elle n'a pas pu continuer parce qu'elle ne trouvait pas de bonne raison.

« Moi aussi, je voulais qu'on aille jusqu'à Venise, et même à Rome, et en Sicile, et puis après en Grèce, mais pas comme ça, pas comme ça... »

Tout à coup, Pouce s'est mise en colère. Elle a repoussé son amie, et elle a essayé de se lever. Elle tremblait et sa voix était rauque.

« Dégonflée ! Dégonflée ! Tu dis ça, mais c'est parce que tu as peur. Tu as peur d'aller en prison, c'est pour ça, dis-le ! »

Poussy regardait la jeune fille à genoux dans le sable, ses yeux brillants de larmes, ses cheveux emmêlés par le vent, et le parka trop grand dont les manches couvraient le bout de ses doigts.

« Je dis ça parce que c'est vrai. On ne peut plus continuer, on est au bout du chemin. On va rentrer, on ne peut plus continuer, on va rentrer maintenant. »

Sa voix était calme, et c'est pour cela que la colère de Pouce était retombée tout de suite. Elle s'est rassise dans le sable, et elle a laissé aller sa tête en arrière, contre le mur.

A ce moment-là, le garçon est revenu. Il portait un gros pain et un sac d'oranges. Il s'est arrêté devant les jeunes filles, il s'est accroupi et il leur a tendu les provisions. Il souriait gentiment et ses yeux clairs brillaient dans son visage sombre. Poussy a pris le pain et les oranges, et elle l'a remercié. Puis ils ont commencé à manger, sans parler. Les mouettes, attirées par le repas, tournoyaient autour de leurs têtes en criaillant. Quand elle a eu fini de manger son orange, Poussy est allée se laver les mains et la figure dans la mer en prenant un peu d'eau et d'écume dans ses mains. Elle a apporté de l'eau de mer pour Pouce, lui a passé ses paumes fraîches sur le front, sur les yeux.

« On s'en va, maintenant », a dit Poussy. Elle a montré l'autre bout de la plage, la direction du soleil couchant. « On s'en va chez nous, maintenant. » Pouce s'est levée aussi. Elle était si faible qu'elle a dû s'appuyer sur l'épaule de Poussy pour ne pas tomber.

« *Dove ? Dove ?* » demandait le jeune garçon. Sa voix était tout à coup pleine d'anxiété. Il marchait à côté des jeunes filles, les yeux fixés sur leur visage, comme un muet qui cherche à lire dans les yeux et sur les lèvres. « *Dove ? Dove ?* »

Il a buté sur un bout de bois qui affleurait, il a fait la grimace en sautillant, et ça a fait rire un peu les jeunes filles. Mais lui ne riait pas. Il a dit, et sa voix était rauque parce qu'il était en train de comprendre :

« *Andrò... Andrò con voi stessi. Per favore, andrò... accompagnare voi stessi...* »

Mais quand elles ont quitté la plage pour entrer dans la ville, il est resté immobile sur le sable, les bras le long du corps, les yeux fixés sur elles. Avant de tourner dans une ruelle déserte, Poussy s'est retournée pour lui faire un signe, et elle l'a vu, au loin, tout petit sur l'étendue blanche de la plage, immobile comme un bout de bois devant la mer. Elle n'a pas bougé la main, et avec Pouce elle s'est enfoncée dans la ville sombre, au milieu des bruits des familles en train de déjeuner.

Sur la route, à une station d'essence, elles ont trouvé un camion arrêté où il y avait marqué TIR. Poussy a demandé au routier de les emmener, et, après une hésitation, il a dit oui.

Quelques instants plus tard, le gros semi-remorque TIR roulait vers la France, avec Pouce et Poussy qui dormaient à moitié dans la cabine. Le chauffeur ne s'occupait pas d'elles. Il fumait des cigarettes en écoutant la radio italienne à tue-tête. Quand ils sont arrivés à la frontière, les policiers ont regardé les papiers des jeunes filles avec attention. L'un d'eux leur a dit simplement : « Vous allez venir avec nous. » Dans la salle du poste de police, il y avait un inspecteur en civil, un homme d'une quarantaine d'années, un peu chauve, avec un regard dur. Quand elles sont entrées, accompagnées du policier en uniforme, l'homme a eu un petit rire, et il a dit quelque chose comme : « Voilà donc nos deux amazones. » Il n'a peut-être pas dit « amazones », mais Poussy n'écoutait pas. Elle regardait le profil entêté de Pouce, et elle ne pensait pas à ce qui allait suivre, aux longues attentes dans des corridors poussiéreux et dans des cellules sans jour. Elle pensait seulement au temps où elles allaient repartir, loin, repartir, cette fois, pour ne plus jamais revenir.

Peuple du ciel

Petite Croix aimait surtout faire ceci : elle allait tout à fait au bout du village et elle s'asseyait en faisant un angle bien droit avec la terre durcie, quand le soleil chauffait beaucoup. Elle ne bougeait pas, ou presque, pendant des heures, le buste droit, les jambes bien étendues devant elle. Quelquefois ses mains bougeaient, comme si elles étaient indépendantes, en tirant sur les fibres d'herbe pour tresser des paniers ou des cordes. Elle était comme si elle regardait la terre au-dessous d'elle, sans penser à rien et sans attendre, simplement assise en angle droit sur la terre durcie, tout à fait au bout du village, là où la montagne cessait d'un seul coup et laissait la place au ciel.

C'était un pays sans hommes, un pays de sable et de poussière, avec pour seules limites les mesas rectangulaires à l'horizon. La terre était trop pauvre pour donner à manger aux hommes, et la pluie ne tombait pas du ciel. La route goudronnée traversait le pays de part en part, mais c'était une route pour aller sans s'arrêter, sans regarder les villages de poussière, droit devant soi au milieu des mirages, dans le bruit mouillé des pneus surchauffés.

Ici, le soleil était très fort, beaucoup plus fort que la terre. Petite Croix était assise, et elle sentait sa force sur son visage et sur son corps. Mais elle n'avait pas peur de lui. Il suivait sa route très longue à travers le ciel sans s'occuper d'elle. Il brûlait les pierres, il desséchait les ruisseaux et les puits, il faisait craquer les arbustes et les buissons épineux. Même les serpents, même les scorpions le craignaient et restaient à l'abri dans leurs cachettes jusqu'à la nuit.

Mais Petite Croix, elle, n'avait pas peur. Son visage immobile devenait presque noir, et elle couvrait sa tête avec un pan de sa couverture. Elle aimait bien sa place, en haut de la falaise, là où les rochers et la terre sont cassés d'un seul coup et fendent le vent froid comme une étrave. Son corps connaissait bien sa place, il était fait pour elle. Une petite place, juste à sa mesure, dans la terre dure, creusée pour la forme de ses fesses et de ses jambes. Alors elle pouvait rester là longtemps, assise en angle bien droit avec la terre, jusqu'à ce que le soleil soit froid et que le vieux Bahti vienne la prendre par la main pour le repas du soir.

Elle touchait la terre avec la paume de ses mains, elle suivait lentement du bout des doigts les petites rides laissées par le vent et la poussière, les sillons, les bosses. La poussière de sable faisait une poudre douce comme le talc qui glissait sous les paumes de ses mains. Quand le vent soufflait, la poussière s'échappait entre ses doigts, mais légère, pareille à une fumée, elle disparaissait dans l'air. La terre dure était chaude sous le soleil. Il y avait des jours, des mois que Petite Croix venait à cet endroit. Elle ne se souvenait plus très bien elle-même comment elle avait trouvé cet endroit. Elle se souvenait seulement de la question qu'elle avait posée au vieux Bahti, à propos du ciel, de la couleur du ciel.

« Qu'est-ce que le *bleu* ? »

C'était cela qu'elle avait demandé, la première fois, et puis elle avait trouvé cet endroit, avec ce creux dans la terre dure, tout prêt à la recevoir.

Les gens de la vallée sont loin, maintenant. Ils sont partis comme des insectes caparaçonnés sur leur route, au milieu du désert, et on n'entend plus leurs bruits. Ou bien ils roulent dans les camionnettes en écoutant la musique qui sort des postes de radio, qui chuinte et crisse comme les insectes. Ils vont droit sur la route noire, à travers les champs desséchés et les lacs des mirages, sans regarder autour d'eux. Ils s'en vont comme s'ils ne devaient jamais plus revenir.

Petite Croix aime bien quand il n'y a plus personne autour d'elle. Derrière son dos, les rues du village sont vides, si lisses que le vent ne peut jamais s'y arrêter, le vent froid du silence. Les murs des maisons à moitié ruinées sont comme les rochers, immobiles et lourds, usés par le vent, sans bruit, sans vie.

Le vent, lui, ne parle pas, ne parle jamais. Il n'est pas comme les hommes et les enfants, ni même comme les animaux. Il passe seulement, entre les murs, sur les rochers, sur la terre dure. Il vient jusqu'à Petite Croix et il l'enveloppe, il enlève un instant la brûlure du soleil de son visage, il fait claquer les pans de la couverture.

Si le vent s'arrêtait, alors peut-être qu'on entendrait les voix des hommes et des femmes dans les champs, le bruit de la poulie près du réservoir, les cris des enfants devant le bâtiment préfabriqué de l'école, en bas, dans le village des maisons de tôle. Peut-être que Petite Croix entendrait plus loin encore les trains de marchandises qui grincent sur les rails, les camions aux huit roues rugissantes sur la route noire, vers les villes plus bruyantes encore, vers la mer ?

Petite Croix sent maintenant le froid qui entre en elle, et elle ne résiste pas. Elle touche seulement la terre avec la paume de ses mains, puis elle touche son visage. Quelque part, derrière elle, les chiens aboient, sans raison, puis ils se recouchent en rond dans les coins de murs, le nez dans la poussière.

C'est le moment où le silence est si grand que tout peut arriver. Petite Croix se souvient de la question qu'elle demande, depuis tant d'années, la question qu'elle voudrait tellement savoir, à propos du ciel et de sa couleur. Mais elle ne dit plus à voix haute :

« Qu'est-ce que le *bleu* ? »

Puisque personne ne connaît la bonne réponse. Elle reste immobile, assise en angle bien droit, au bout de la falaise, devant le ciel. Elle sait bien que quelque chose doit venir. Chaque jour l'attend, à sa place, assise sur la terre dure, pour elle seule. Son visage presque noir est brûlé par le soleil et par le vent, un peu levé vers le haut pour qu'il n'y ait pas une seule ombre sur sa peau. Elle est calme, elle n'a pas peur. Elle sait bien que la réponse doit venir, un jour, sans qu'elle comprenne comment. Rien de mauvais ne peut venir du ciel, cela est sûr. Le silence de la vallée vide, le silence du village derrière elle c'est pour qu'elle puisse mieux entendre la réponse à sa question. Elle seule peut entendre. Même les chiens dorment, sans s'apercevoir de ce qui arrive.

C'est d'abord la lumière. Cela fait un bruit très doux sur le sol, comme un bruissement de balai de feuilles, ou un rideau de gouttes qui avance. Petite Croix écoute de toutes ses forces, en retenant un peu son souffle, et elle entend distinctement le bruit qui arrive. Cela fait chchchch, et aussi dtdtdt ! partout, sur la terre, sur les rochers, sur les toits plats des maisons. C'est un bruit de feu, mais très doux et assez lent, un feu tranquille qui n'hésite pas, qui ne lance pas d'étincelles. Cela vient surtout d'en haut, face à elle, et vole à peine à travers l'atmosphère, en bruissant de ses ailes minuscules. Petite Croix entend le murmure qui grandit, qui s'élargit autour d'elle. Il vient de toutes parts maintenant, pas seulement du haut, mais aussi de la terre, des rochers, des maisons du village, il jaillit en tous sens comme des gouttes, il fait des nœuds, des étoiles, des espèces de rosaces. Il trace de longues courbes qui bondissent au-dessus de sa tête, des arcs immenses, des gerbes.

C'est cela, le premier bruit, la première parole. Avant même que le ciel s'emplisse, elle entend le passage des rayons fous de la lumière, et son cœur commence à battre plus vite et plus fort.

Petite Croix ne bouge pas la tête, ni le buste. Elle ôte ses mains de la terre sèche, et elle les tend devant elle, les paumes tournées vers l'extérieur. C'est comme cela qu'il faut faire ; elle sent alors la chaleur qui passe sur le bout de ses doigts, comme une caresse qui va et vient. La lumière crépite sur ses cheveux épais, sur les poils de la couverture, sur ses cils. La peau de la lumière est douce et frissonne, en faisant glisser son dos et son ventre immenses sur les paumes ouvertes de la petite fille.

C'est toujours comme cela, au début, avec la lumière qui tourne autour d'elle, et qui se frotte contre les paumes de ses mains comme les chevaux du vieux Bahti. Mais ces chevaux-là sont encore plus grands et plus doux, et ils viennent tout de suite vers elle comme si elle était leur maîtresse.

Ils viennent du fond du ciel, ils ont bondi d'une montagne à l'autre, ils ont bondi par-dessus les grandes villes, par-dessus les rivières, sans faire de bruit, juste avec le froissement soyeux de leur poil ras.

Petite Croix aime bien quand ils arrivent. Ils ne sont venus que pour elle, pour répondre à sa question peut-être, parce qu'elle est la seule à les comprendre, la seule qui les aime. Les autres gens ont peur, et leur font peur, et c'est pour cela qu'ils ne voient jamais les chevaux du bleu. Petite Croix les appelle ; elle leur parle doucement, à voix basse, en chantant un peu, parce que les chevaux de la lumière sont comme les chevaux de la terre, ils aiment les voix douces et les chansons.

Chevaux, chevaux,
petits chevaux du bleu
emmenez-moi en volant
emmenez-moi en volant
petits chevaux du bleu.

Elle dit « petits chevaux » pour leur plaire, parce qu'ils n'aimeraient sûrement pas savoir qu'ils sont énormes.

C'est comme cela au début. Ensuite, viennent les nuages. Les nuages ne sont pas comme la lumière. Ils ne caressent pas leur dos et leur ventre contre les paumes des mains, car ils sont si fragiles et légers qu'ils risqueraient de perdre leur fourrure et de s'en aller en filoselle comme les fleurs du cotonnier.

Petite Croix les connaît bien. Elle sait que les nuages n'aiment pas trop ce qui peut les dissoudre et les faire fondre, alors elle retient son souffle, et elle respire à petits coups, comme les chiens qui ont couru longtemps. Cela fait froid dans sa gorge et ses poumons, et elle se sent devenir faible et légère, elle aussi, comme les nuages. Alors les nuages peuvent arriver.

Ils sont d'abord loin au-dessus de la terre, ils s'étirent et s'amoncellent, changent de forme, passent et repassent devant le soleil et leur ombre glisse sur la terre dure et sur le visage de Petite Croix comme le souffle d'un éventail.

Sur la peau presque noire de ses joues, de son front, sur ses paupières, sur ses mains, les ombres glissent, éteignent la lumière, font des taches froides, des taches vides. C'est cela, le blanc, la couleur des nuages. Le vieux Bahti et le maître d'école Jasper l'ont dit à Petite Croix : le blanc est la couleur de la neige, la couleur du sel, des nuages, et du vent du Nord. C'est la couleur des os et des dents aussi. La neige est froide et fond dans la main, le vent est froid et personne ne peut le saisir. Le sel brûle les lèvres, les os sont morts, et les dents sont comme des pierres dans la bouche. Mais c'est parce que le blanc est la couleur du vide, car il n'y a rien après le blanc, rien qui reste.

Les nuages sont comme cela. Ils sont tellement loin, ils viennent de si loin, du centre du bleu, froids comme le vent, légers comme la neige, et fragiles ; ils ne font pas de bruit quand ils arrivent, ils sont tout à fait silencieux comme les morts, plus silencieux que les enfants qui marchent pieds nus dans les rochers, autour du village.

Mais ils aiment venir voir Petite Croix, ils n'ont pas peur d'elle. Ils se gonflent maintenant autour d'elle, devant la falaise abrupte. Ils savent que Petite Croix est une personne du silence. Ils savent qu'elle ne leur fera pas de mal. Les nuages sont gonflés et ils passent près d'elle, ils l'entourent, et elle sent la fraîcheur douce de leur fourrure, les millions de gouttelettes qui humectent la peau de son visage et ses lèvres comme la rosée de la nuit, elle entend le bruit très suave qui flotte autour d'elle, et elle chante encore un peu, pour eux :

Nuages, nuages,
petits nuages du ciel
emmenez-moi en volant
emmenez-moi en volant
en volant
dans votre troupeau.

Elle dit aussi « petits nuages » mais elle sait bien qu'ils sont très très grands, parce que leur fourrure fraîche la recouvre longtemps, cache la chaleur du soleil si longtemps qu'elle frissonne.

Elle bouge lentement quand les nuages sont sur elle, pour ne pas les effrayer. Les gens d'ici ne savent pas bien parler aux nuages. Ils font trop de bruit, trop de gestes, et les nuages restent haut dans le ciel. Petite Croix lève lentement les mains jusqu'à son visage, et elle appuie les paumes sur ses joues.

Puis les nuages s'écartent. Ils vont ailleurs, là où ils ont affaire, plus loin que les remparts des mesas, plus loin que les villes. Ils vont jusqu'à la mer, là où tout est toujours bleu, pour faire pleuvoir leur eau, parce que c'est cela qu'ils aiment le mieux au monde : la pluie sur l'étendue bleue de la mer. La mer, a dit le vieux Bahti, c'est l'endroit le plus beau du monde, l'endroit où tout est vraiment bleu. Il y a toutes sortes de bleus dans la mer, dit le vieux Bahti. Comment peut-il y avoir plusieurs sortes de bleus ? a demandé Petite Croix. C'est comme cela pourtant, il y a plusieurs bleus, c'est comme l'eau qu'on boit, qui emplit la bouche et coule dans le ventre, tantôt froide, tantôt chaude.

Petite Croix attend encore les autres personnes qui doivent venir. Elle attend l'odeur de l'herbe, l'odeur du feu, la poussière d'or qui danse sur elle-même en tournant sur une seule jambe, l'oiseau qui croasse une seule fois en frôlant son visage du bout de son aile. Ils viennent toujours, quand elle est là. Ils n'ont pas peur d'elle. Ils écoutent sa question, toujours, à propos du ciel et de sa couleur, et ils passent si près d'elle qu'elle sent l'air qui bouge sur ses cils et dans ses cheveux.

Puis les abeilles sont venues. Elles sont parties tôt de chez elles, des ruches tout en bas de la vallée. Elles ont visité toutes les fleurs sauvages, dans les champs, entre les amas de roche. Elles connaissent bien les fleurs, et elles portent la poudre des fleurs dans leurs pattes, qui pendillent sous le poids.

Petite Croix les entend venir, toujours à la même heure, quand le soleil est très haut au-dessus de la terre dure. Elle les entend de tous les côtés à la fois, car elles sortent du bleu du ciel. Alors Petite Croix fouille dans les poches de sa veste, et elle sort les grains de sucre. Les abeilles vibrent dans l'air, leur chant aigu traverse le ciel, rebondit sur les rochers, frôle les oreilles et les joues de Petite Croix.

Chaque jour, à la même heure, elles viennent. Elles savent que Petite Croix les attend, et elles l'aiment bien aussi. Elles arrivent par dizaines, de tous les côtés, en faisant leur musique dans la lumière jaune. Elles se posent sur les mains ouvertes de Petite Croix, et elles mangent la poudre de sucre très goulûment. Puis sur son visage, sur ses joues, sur sa bouche, elles se promènent, elles marchent très doucement et leurs pattes légères chatouillent sa peau et la font rire. Mais Petite Croix ne rit pas trop fort, pour ne pas leur faire peur. Les abeilles vibrent sur ses cheveux noirs, près de ses oreilles, et ça fait un chant monotone qui parle des fleurs et des plantes, de toutes les fleurs et de toutes les plantes qu'elles ont visitées ce matin. « Écoute-nous », disent les abeilles, « nous avons vu beaucoup de fleurs, dans la vallée, nous sommes allées jusqu'au bout de la vallée sans nous arrêter, parce que le vent nous portait, puis nous sommes revenues, d'une fleur à l'autre. » « Qu'est-ce que vous avez vu ? » demande Petite Croix. « Nous avons vu la fleur jaune du tournesol, la fleur rouge du chardon, la fleur de l'ocotillo qui ressemble à un serpent à tête rouge. Nous avons vu la grande fleur mauve du cactus pitaya, la fleur en dentelle des carottes sauvages, la fleur pâle du laurier. Nous avons vu la fleur empoisonnée du senecio, la fleur bouclée de l'indigo, la fleur légère de la sauge rouge. » « Et quoi d'autre ? » « Nous avons volé jusqu'aux fleurs lointaines, celle qui brille sur le phlox sauvage, la dévoreuse d'abeilles, nous avons vu l'étoile rouge du silène mexicain, la roue de feu, la fleur de lait. Nous avons volé au-dessus de l'agarita, nous avons bu longuement le nectar de la mille-feuille, et l'eau de la menthe-citron. Nous avons même été sur la plus belle fleur du monde, celle qui jaillit très haut sur les feuilles en lame de sabre du yucca, et qui est aussi blanche que la neige. Toutes ces fleurs sont pour toi, Petite Croix, nous te les apportons pour te remercier. »

Ainsi parlent les abeilles, et bien d'autres choses encore. Elles parlent du sable rouge et gris qui brille au soleil, des gouttes d'eau qui s'arrêtent, prisonnières du duvet de l'euphorbe, ou bien en équilibre sur les aiguilles de l'agave. Elles parlent du vent qui souffle au ras du sol et couche les herbes. Elles parlent du soleil qui monte dans le ciel, puis qui redescend, et des étoiles qui percent la nuit.

Elles ne parlent pas la langue des hommes, mais Petite Croix comprend ce qu'elles disent, et les vibrations aiguës de leurs milliers d'ailes font apparaître des taches et des étoiles et des fleurs sur ses rétines. Les abeilles savent tant de choses ! Petite Croix ouvre bien les mains pour qu'elles puissent manger les derniers grains de sucre, et elle leur chante aussi une chanson, en ouvrant à peine les lèvres, et sa voix ressemble alors au bourdonnement des insectes :

Abeilles, abeilles,
abeilles bleues du ciel
emmenez-moi en volant
emmenez-moi en volant
en volant
dans votre troupeau.

Il y a encore du silence, longtemps de silence, quand les abeilles sont parties.

Le vent froid souffle sur le visage de Petite Croix, et elle tourne un peu la tête pour respirer. Ses mains sont jointes sur son ventre sous la couverture, et elle reste immobile, en angle bien droit avec la terre dure. Qui va venir maintenant ? Le soleil est haut dans le ciel bleu, il marque des ombres sur le visage de la petite fille, sous son nez, sous les arcades sourcilières.

Petite Croix pense au soldat qui est sûrement en marche pour venir, à présent. Il doit marcher le long de l'étroit sentier qui gravit le promontoire jusqu'au vieux village abandonné. Petite Croix écoute, mais elle n'entend pas les bruits de ses pas. D'ailleurs les chiens n'ont pas aboyé. Ils dorment encore dans de vieux coins de murs, le nez dans la poussière.

Le vent siffle et gémit sur les pierres, sur la terre dure. Ce sont de longs animaux rapides, des animaux au long nez et aux oreilles petites qui bondissent dans la poussière en faisant un bruit léger. Petite Croix connaît bien les animaux. Ils sortent de leurs tanières, à l'autre bout de la vallée, et ils courent, ils galopent, ils s'amusent à sauter par-dessus les torrents, les ravins, les crevasses. De temps en temps, ils s'arrêtent, haletants, et la lumière brille sur leur pelage doré. Puis ils recommencent leurs bonds dans le ciel, leur chasse insensée, ils frôlent Petite Croix, ils bousculent ses cheveux et ses vêtements, leurs queues fouettent l'air en sifflant. Petite Croix tend les bras, pour essayer de les arrêter, pour les attraper par leur queue.

« Arrêtez ! Arrêtez-vous ! Vous allez trop vite ! Arrêtez-vous ! »

Mais les animaux ne l'écoutent pas. Ils s'amusent à bondir tout près d'elle, à se glisser entre ses bras, ils soufflent leur haleine sur son visage. Ils se moquent d'elle. Si elle pouvait en attraper un, rien qu'un, elle ne le lâcherait plus. Elle sait bien ce qu'elle ferait. Elle sauterait sur son dos, comme sur un cheval, elle serrerait très fort ses bras autour de son cou, et waoh yap ! d'un seul bond l'animal l'emporterait jusqu'au milieu du ciel. Elle volerait, elle courrait avec lui, si vite que personne ne pourrait la voir. Elle irait haut par-dessus les vallées et les montagnes, par-dessus les villes, jusqu'à la mer même, elle irait tout le temps dans le bleu du ciel.

Ou bien elle glisserait au ras de la terre, dans les branches des arbres et sur l'herbe en faisant son bruit très doux comme l'eau qui coule. Ce serait bien.

Mais Petite Croix ne peut jamais saisir un animal. Elle sent la peau fluide qui glisse entre ses doigts, qui tourbillonne dans ses vêtements et ses cheveux. Parfois les animaux sont très lents et froids comme les serpents.

Il n'y a personne en haut du promontoire. Les enfants du village ne viennent plus ici, sauf de temps en temps, pour chasser les couleuvres. Un jour, ils sont venus sans que Petite Croix les entende. L'un d'eux a dit : « On t'a apporté un cadeau. » « Qu'est-ce que c'est ? » a demandé Petite Croix. « Ouvre tes mains, tu vas savoir », a dit l'enfant. Petite Croix a ouvert les mains, et quand l'enfant a déposé la couleuvre dans ses mains, elle a tressailli, mais elle n'a pas crié. Elle a frissonné de la tête aux pieds. Les enfants ont ri, mais Petite Croix a laissé simplement le serpent glisser par terre, sans rien dire, puis elle a caché ses mains sous sa couverture.

Maintenant, ils sont ses amis, tous ceux qui glissent sans faire de bruit sur la terre dure, ceux aux longs corps froids comme l'eau, les serpents, les orvets, les lézards. Petite Croix sait leur parler. Elle les appelle doucement, en sifflant entre ses dents, et ils viennent vers elle. Elle ne les entend pas venir, mais elle sait qu'ils s'approchent, par reptations, d'une faille à l'autre, d'un caillou à l'autre, et ils dressent leur tête pour mieux entendre le sifflement doux, et leur gorge palpite.

Serpents,
serpents,

chante aussi Petite Croix. Ils ne sont pas tous des serpents, mais c'est comme cela qu'elle les nomme.

Serpents,
serpents
emmenez-moi en volant
emmenez-moi en volant.

Ils viennent, sans doute, ils montent sur ses genoux, ils restent un instant au soleil et elle aime bien leur poids léger sur ses jambes. Puis ils s'en vont soudain, parce qu'ils ont peur quand le vent souffle, ou bien quand la terre craque.

Petite Croix écoute le bruit des pas du soldat. Il vient chaque jour à la même heure, quand le soleil brûle bien en face et que la terre dure est tiède sous les mains. Petite Croix ne l'entend pas toujours arriver, parce qu'il marche sans faire de bruit sur ses semelles de caoutchouc. Il s'assoit sur un caillou, à côté d'elle, et il la regarde un bon moment sans rien dire. Mais Petite Croix sent son regard posé sur elle, et elle demande :

« Qui est là ? »

C'est un étranger, il ne parle pas bien la langue du pays, comme ceux qui viennent des grandes villes, près de la mer. Quand Petite Croix lui a demandé qui il était, il a dit qu'il était soldat, et il a parlé de la guerre qu'il y avait eu autrefois, dans un pays lointain. Mais peut-être qu'il n'est plus soldat maintenant.

Quand il arrive, il lui porte quelques fleurs sauvages qu'il a cueillies en marchant le long du sentier qui monte jusqu'en haut de la falaise. Ce sont des fleurs maigres et longues, avec des pétales écartés, et qui sentent comme les moutons. Mais Petite Croix les aime bien, et elle les serre dans ses mains.

« Que fais-tu ? » demande le soldat.

« Je regarde le ciel », dit Petite Croix. « Il est très bleu aujourd'hui, n'est-ce pas ? »

« Oui », dit le soldat.

Petite Croix répond toujours ainsi, parce qu'elle ne peut pas oublier sa question. Elle tourne son visage un peu vers le haut, puis elle passe lentement ses mains sur son front, ses joues, ses paupières.

« Je crois que je sais ce que c'est », dit-elle.

« Quoi ? »

« Le bleu. C'est très chaud sur mon visage. »

« C'est le soleil », dit le soldat.

Il allume une cigarette anglaise, et il fume sans se presser, en regardant droit devant lui. L'odeur du tabac enveloppe Petite Croix et lui fait tourner un peu la tête.

« Dites-moi… Racontez-moi. »

Elle demande toujours cela. Le soldat lui parle doucement, en s'interrompant de temps en temps pour tirer sur sa cigarette.

« C'est très beau », dit-il. « D'abord il y a une grande plaine avec des terrains jaunes, ça doit être du maïs sur pied, je crois bien. Il y a un sentier de terre rouge qui va tout droit au milieu des champs, et une cabane de bois… »

« Est-ce qu'il y a un cheval ? » demande Petite Croix.

« Un cheval ? Attends… Non, je ne vois pas de cheval. »

« Alors ce n'est pas la maison de mon oncle. »

« Il y a un puits, près de la cabane, mais il est sec je crois bien… Des rochers noirs qui ont une drôle de forme, on dirait des chiens couchés… Plus loin il y a la route, et les poteaux télégraphiques. Après il y a un wash, mais il doit être sec parce qu'on voit les cailloux au fond… Gris, plein de rocaille et de poussière… Après, c'est la grande plaine qui va loin, loin, jusqu'à l'horizon, à la troisième mesa. Il y a des collines vers l'est, mais partout ailleurs, la plaine est bien plate et lisse comme un champ d'aviation. A l'ouest, il y a les montagnes, elles sont rouge sombre et noires, on dirait aussi des animaux endormis, des éléphants... »

« Elles ne bougent pas ? »

« Non, elles ne bougent pas, elles dorment pendant des milliers d'années, sans bouger. »

« Ici aussi, la montagne dort ? » demande Petite Croix. Elle pose ses mains à plat sur la terre dure.

« Oui, elle dort aussi. »

« Mais quelquefois elle bouge », dit Petite Croix.

« Elle bouge un peu, elle se secoue un peu, et puis elle se rendort. »

Le soldat ne dit rien pendant un moment. Petite Croix est bien en face du paysage pour sentir ce qu'a raconté le soldat. La grande plaine est longue et douce contre sa joue, mais les ravins et les sentiers rouges la brûlent un peu, et la poussière gerce ses lèvres.

Elle redresse le visage et elle sent la chaleur du soleil.

« Qu'est-ce qu'il y a en haut ? » demande Petite Croix.

« Dans le ciel ? »

« Oui. »

« Eh bien… », dit le soldat. Mais il ne sait pas raconter cela. Il plisse les yeux à cause de la lumière du soleil.

« Est-ce qu'il y a beaucoup de bleu aujourd'hui ? »

« Oui, le ciel est très bleu. »

« Il n'y a pas de blanc du tout ? »

« Non, pas le moindre point blanc. »

Petite Croix tend ses mains en avant.

« Oui, il doit être très bleu, il brûle si fort aujourd'hui, comme le feu. »

Elle baisse la tête parce que la brûlure lui fait mal.

« Est-ce qu'il y a du feu dans le bleu ? » demande Petite Croix.

Le soldat n'a pas l'air de bien comprendre.

« Non… », dit-il enfin. « Le feu est rouge, pas bleu. »

« Mais le feu est caché », dit Petite Croix. « Le feu est caché tout au fond du bleu du ciel, comme un renard, et il regarde vers nous, il regarde et ses yeux sont brûlants. »

« Tu as de l'imagination », dit le soldat. Il rit un peu, mais il scrute le ciel, lui aussi, avec sa main en visière devant ses yeux.

« Ce que tu sens, c'est le soleil. »

« Non, le soleil n'est pas caché, il ne brûle

pas de cette façon-là », dit Petite Croix. « Le soleil est doux, mais le bleu, c'est comme les pierres du four, ça fait mal sur la figure. »

Tout à coup, Petite Croix pousse un léger cri, et sursaute.

« Qu'y a-t-il ? » demande le soldat.

La petite fille passe ses mains sur son visage et geint un peu. Elle courbe sa tête vers le sol.

« Elle m'a piquée… », dit-elle.

Le soldat écarte les cheveux de Petite Croix et passe le bout de ses doigts durcis sur sa joue.

« Qu'est-ce qui t'a piquée ? Je ne vois rien… »

« Une lumière… Une guêpe », dit Petite Croix.

« Il n'y a rien, Petite Croix », dit le soldat. « Tu as rêvé. »

Ils restent un bon moment sans rien dire. Petite Croix est toujours assise en équerre sur la terre dure, et le soleil éclaire son visage couleur de bronze. Le ciel est calme, comme s'il suspendait son souffle.

« Est-ce qu'on ne voit pas la mer aujourd'hui ? » demande Petite Croix.

Le soldat rit.

« Ah non ! C'est beaucoup trop loin d'ici. »

« Ici, il n'y a que les montagnes ? »

« La mer, c'est à des jours et des jours d'ici.

Même en avion, il faudrait des heures avant de la voir. »

Petite Croix voudrait bien la voir quand même. Mais c'est difficile, parce qu'elle ne sait pas comment est la mer. Bleue, bien sûr, mais comment ?

« Est-ce qu'elle brûle comme le ciel, ou est-ce qu'elle est froide comme l'eau ? »

« Ça dépend. Quelquefois, elle brûle les yeux comme la neige au soleil. Et d'autres fois, elle est triste et sombre, comme l'eau des puits. Elle n'est jamais pareille. »

« Et vous aimez mieux quand elle est froide ou quand elle brûle ? »

« Quand il y a des nuages très bas, et qu'elle est toute tachée d'ombres jaunes qui avancent sur elle comme de grandes îles d'algues, c'est comme cela que je la préfère. »

Petite Croix se concentre, et elle sent sur son visage quand les nuages bas passent au-dessus de la mer. Mais c'est seulement quand le soldat est là qu'elle peut imaginer tout cela. C'est peut-être parce qu'il a tellement regardé la mer, autrefois, qu'elle sort un peu de lui et se répand autour de lui.

« La mer, ça n'est pas comme ici », dit encore le soldat. « C'est vivant, c'est comme un très grand animal vivant. Ça bouge, ça saute, ça change de forme et d'humeur, ça parle tout le temps, ça ne reste pas une seconde sans rien faire, et tu ne peux pas t'ennuyer avec elle. »

« C'est méchant ? »

« Parfois, oui, elle attrape des gens, des bateaux, elle les avale, hop ! Mais c'est seulement les jours où elle est très en colère, et il vaut mieux rester chez soi. »

« J'irai voir la mer », dit Petite Croix.

Le soldat la regarde un instant sans rien dire.

« Je t'emmènerai », dit-il ensuite.

« Est-ce qu'elle est plus grande que le ciel ? » demande Petite Croix.

« Ce n'est pas pareil. Il n'y a rien de plus grand que le ciel. »

Comme il en a assez de parler, il allume une autre cigarette anglaise et il recommence à fumer. Petite Croix aime bien l'odeur douce du tabac. Quand le soldat a presque fini sa cigarette, il la donne à Petite Croix pour qu'elle prenne quelques bouffées avant de l'éteindre. Petite Croix fume en respirant très fort. Quand le soleil est très chaud et que le bleu du ciel brûle, la fumée de la cigarette fait un écran très doux, et fait siffler le vide dans sa tête, comme si elle tombait du haut de la falaise.

Quand elle a fini la cigarette, Petite Croix la jette devant elle, dans le vide.

« Est-ce que vous savez voler ? » demande-t-elle.

Le soldat rit à nouveau.

« Comment cela, voler ? »

« Dans le ciel, comme les oiseaux. »

« Personne ne sait faire cela, voyons. »

Puis tout d'un coup, il entend le bruit de l'avion qui traverse la stratosphère, si haut qu'on ne voit qu'un point d'argent au bout du long sillage blanc qui divise le ciel. Le bruit des turboréacteurs se répercute avec retard sur la plaine et dans les creux des torrents, pareil à un tonnerre lointain.

« C'est un Stratofortress, il est haut », dit le soldat.

« Où est-ce qu'il va ? »

« Je ne sais pas. »

Petite Croix tend son visage vers le haut du ciel, elle suit la progression lente de l'avion. Son visage est assombri, ses lèvres sont serrées, comme si elle avait peur, ou mal.

« Il est comme l'épervier », dit-elle. » Quand l'épervier passe dans le ciel, je sens son ombre, très froide, elle tourne lentement, lentement, parce que l'épervier cherche une proie. »

« Alors, tu es comme les poules. Elles se serrent quand l'épervier passe au-dessus d'elles ! » Le soldat plaisante, et pourtant il sent cela, lui aussi, et le bruit des réacteurs dans la stratosphère fait battre son cœur plus vite.

Il voit le vol du Stratofortress au-dessus de la mer, vers la Corée, pendant des heures longues ; les vagues sur la mer ressemblent à des rides, le ciel est lisse et pur, bleu sombre au zénith, bleu turquoise à l'horizon, comme si le crépuscule n'en finissait jamais. Dans les soutes de l'avion géant, les bombes sont rangées les unes à côté des autres, la mort en tonnes.

Puis l'avion s'éloigne vers son désert, lentement, et le vent balaie peu à peu le sillage blanc de la condensation. Le silence qui suit est lourd, presque douloureux, et le soldat doit faire un effort pour se lever de la pierre sur laquelle il est assis. Il reste un instant debout, il regarde la petite fille assise en équerre sur la terre durcie.

« Je m'en vais », dit-il.

« Revenez demain », dit Petite Croix.

Le soldat hésite à dire qu'il ne reviendra pas demain, ni après ni aucun autre jour peut-être, parce qu'il doit s'envoler lui aussi vers la Corée. Mais il n'ose rien dire, il répète seulement encore une fois, et sa voix est maladroite :

« Je m'en vais. »

Petite Croix écoute le bruit de ses pas qui s'éloignent sur le chemin de terre. Puis le vent revient, froid maintenant, et elle tremble un peu sous sa couverture de laine. Le soleil est bas, presque à l'horizontale, sa chaleur vient par bouffées, comme une haleine.

Maintenant, c'est l'heure où le bleu s'amincit, se résorbe. Petite Croix sent cela sur ses lèvres gercées, sur ses paupières, au bout de ses doigts. La terre elle-même est moins dure, comme si la lumière l'avait traversée, usée.

A nouveau, Petite Croix appelle les abeilles, ses amies, les lézards aussi, les salamandres ivres de soleil, les insectes-feuilles, les insectes-brindilles, les fourmis en colonnes serrées. Elle les appelle tous, en chantant la chanson que lui a enseignée le vieux Bahti,

Animaux, animaux
emmenez-moi
emmenez-moi en volant
emmenez-moi en volant
dans votre troupeau.

Elle tend les mains en avant, pour retenir l'air et la lumière. Elle ne veut pas s'en aller. Elle veut que tout reste, que tout demeure, sans retourner dans ses cachettes.

C'est l'heure où la lumière brûle et fait mal, la lumière qui jaillit du fond de l'espace bleu. Petite Croix ne bouge pas, et la peur grandit en elle. A la place du soleil il y a un astre très bleu qui regarde, et son regard appuie sur le front de Petite Croix. Il porte un masque d'écailles et de plumes, il vient en dansant, en frappant la terre de ses pieds, il vient en volant comme l'avion et l'épervier, et son ombre recouvre la vallée comme un manteau.

Il est seul, Saquasohuh comme on l'appelle, et il marche vers le village abandonné, sur sa route bleue dans le ciel. Son œil unique regarde Petite Croix, d'un regard terrible qui brûle et glace en même temps.

Petite Croix le connaît bien. C'est lui qui l'a piquée tout à l'heure comme une guêpe, à travers l'immensité du ciel vide. Chaque jour, à la même heure, quand le soleil décline et que les lézards rentrent dans leurs fissures de roche, quand les mouches deviennent lourdes et se posent n'importe où, alors il arrive.

Il est comme un guerrier géant, debout de l'autre côté du ciel, et il regarde le village de son terrible regard qui brûle et qui glace. Il regarde Petite Croix dans les yeux, comme jamais personne ne l'a regardée.

Petite Croix sent la lumière claire, pure et

bleue qui va jusqu'au fond de son corps comme l'eau fraîche des sources et qui l'enivre. C'est une lumière douce comme le vent du sud, qui apporte les odeurs des plantes et des fleurs sauvages.

Maintenant, aujourd'hui, l'astre n'est plus immobile. Il avance lentement à travers le ciel, en planant, en volant, comme le long d'un fleuve puissant. Son regard clair ne quitte pas les yeux de Petite Croix, et brille d'une lueur si intense qu'elle doit se protéger avec ses deux mains.

Le cœur de Petite Croix bat très vite. Jamais elle n'a rien vu de plus beau.

« Qui es-tu ? » crie-t-elle.

Mais le guerrier ne répond pas. Saquasohuh est debout sur le promontoire de pierre, devant elle.

D'un seul coup, Petite Croix comprend qu'il est l'étoile bleue qui vit dans le ciel, et qui est descendue sur la terre pour danser sur la place du village.

Elle veut se lever et partir en courant, mais la lumière qui sort de l'œil de Saquasohuh est en elle et l'empêche de bouger. Quand le guerrier commencera sa danse, les hommes et les femmes et les enfants commenceront à mourir dans le monde. Les avions tournent lentement dans le ciel, si haut qu'on les entend à peine, mais ils cherchent leur proie. Le feu et la mort sont partout, autour du promontoire, la mer elle-même brûle comme un lac de poix. Les grandes villes sont embrasées par la lumière intense qui jaillit du fond du ciel. Petite Croix entend les roulements du tonnerre, les déflagrations, les cris des enfants, les cris des chiens qui vont mourir. Le vent tourne sur lui-même de toutes ses forces, et ce n'est plus une danse, c'est comme la course d'un cheval fou.

Petite Croix met les mains devant ses yeux.

Pourquoi les hommes veulent-ils cela ? Mais il est trop tard, déjà, peut-être, et le géant de l'étoile bleue ne retournera pas dans le ciel. Il est venu pour danser sur la place du village, comme le vieux Bahti a dit qu'il avait fait à Hotevilla, avant la grande guerre.

Le géant Saquasohuh hésite, debout devant la falaise, comme s'il n'osait pas entrer. Il regarde Petite Croix et la lumière de son regard entre et brûle si fort l'intérieur de sa tête qu'elle ne peut plus tenir. Elle crie, se met debout d'un bond, et reste immobile, les bras rejetés derrière elle, le souffle arrêté dans sa gorge, le cœur serré, car elle vient de voir soudain, comme si l'œil unique du géant s'était ouvert démesurément, le ciel bleu devant elle.

Petite Croix ne dit rien. Les larmes emplissent ses paupières, parce que la lumière du soleil et du bleu est trop forte. Elle chancelle au bord de la falaise de terre dure, elle voit l'horizon tourner lentement autour d'elle, exactement comme le soldat avait dit, la grande plaine jaune, les ravins sombres, les chemins rouges, les silhouettes énormes des mesas. Puis elle s'élance, elle commence à courir dans les rues du village abandonné, dans l'ombre et la lumière, sous le ciel, sans pousser un seul cri.

J.M.G. LE CLÉZIO
L'AUTEUR

Jean-Marie Gustave Le Clézio est né à Nice, en 1940. L'imaginaire de l'enfant est marqué par l'île Maurice où sa famille avait émigré au XVIIIe siècle et par la personnalité de son grand-père, Alexis. Enfant, il voulait devenir marin, et c'est durant une traversée en mer, entre Bordeaux et le Nigeria, qu'il écrit son premier livre. Il fait des études de lettres à Nice et devient docteur ès lettres. Il vit en Angleterre, puis se rend à Bangkok et au Mexique pour son service militaire, en tant que coopérant. Après être allé plusieurs fois chez les Indiens Embera du Panama, il s'installe pour quelque temps au Nouveau-Mexique, près d'Albuquerque, où il enseigne la littérature française. Aujourd'hui, il réside la moitié de l'année au Mexique, et l'autre moitié tout près du port de Nice. J.M.G. Le Clézio n'a jamais cessé d'écrire : poèmes, contes, récits, nouvelles, dont aucun n'avait été publié avant le Procès -Verbal (1963), son premier roman, qui obtint le prix Renaudot. Son œuvre compte aujourd'hui une trentaine de volumes, publiés pour la plupart chez Gallimard. *Lullaby*, *Celui qui n'avait jamais vu la mer*, *Villa Aurore*, *Pawana* ont été publiés dans la collection Folio Junior chez Gallimard Jeunesse.

TABLE DES MATIÈRES

Maquette : Aubin Leray
Loi n°49-956 du 16 juillet 1949
sur les publications destinées à la jeunesse
ISBN 2-07-055179-2
Numéro d'édition : 06553
Numéro d'impression : 91294
Dépôt légal : janvier 2002
Imprimé en France
par l'Imprimerie Hérissey, à Évreux